TÚ MATASTE
A DUMPIVAMPI

ExLibric

JOHN SULLIVAN

TÚ MATASTE
A DUMPIVAMPI

EXLIBRIC

ANTEQUERA 2025

TÚ MATASTE A DUMPIVAMPI
© John Sullivan
Diseño de portada: Dpto. de Diseño Gráfico Exlibric

Iª edición

© ExLibric, 2025.

Editado por: ExLibric
c/ Cueva de Viera, 2, Local 3
Centro Negocios CADI
29200 Antequera (Málaga)
Teléfono: 952 70 60 04
Fax: 952 84 55 03
Correo electrónico: exlibric@exlibric.com
Internet: www.exlibric.com

ISBN: 979-13-87528-97-3
Depósito Legal: MA 223-2025

Impresión: PODiPrint
Impreso en Andalucía – España

Nota de la editorial: ExLibric pertenece a Innovación y Cualificación S. L.

JOHN SULLIVAN

TÚ MATASTE
A DUMPIVAMPI

Introducción

¿Te imaginas una historia de detectives donde lo menos importante sea resolver el caso? ¿Te imaginas que lo importante esté en el camino hacia esa resolución? Esa evolución de las personas cuando tenemos que resolver cualquier problema es lo que quería traerte con este libro; de hecho, para vivir lo mismo que quería proponerte con esta nueva historia decidí salir de mi zona de confort.

¿Has deseado alguna vez hacer un viaje espiritual para sanar tus heridas del alma? ¿Cuántas veces has querido volver a ser niño? ¿Alguna vez has echado de menos algo de aquellos años o viste truncada una parte de ellos? No respondas si no quieres, querido lector. Con que tú sepas las respuestas es más que suficiente. Yo, personalmente, sí. Y he querido volcar esa herida en este libro.

A través de mi vivencia, de mi conciencia de esa herida y de mi trabajo terapéutico para sanarla, pude ver el potencial que tiene tratar las heridas emocionales; no solo para sanarnos por dentro, sino para encontrar respuestas, para comunicarnos de un modo más sano e, incluso, para recuperar el ansia de aprender. Pero, además, puede ser un bálsamo curativo contra esos traumas que han lastrado nuestra vida en algún momento.

Aquí te traigo la historia de Marcos Lacalle, un detective famoso por resolver casos complicados y mediáticos. Sin embargo, el gran detective guarda una herida de la infancia. Esta parece despertar y volver a abrirse cuando, durante una visita a su hermana y sus sobrinos, ve un programa de televisión para niños, y se descubre a sí mismo disfrutándolo; siente cómo ese pequeñajo que todos tenemos dentro intenta salir del fondo de su ser. Ante el asesinato de Dumpivampi, el personaje principal del programa, sentirá que tiene que resolver el caso, aunque nadie lo haya llamado para ello.

En esta historia conocerás a un hombre que se reencuentra consigo mismo, que intenta sanar esa herida emocional y que en los distintos juegos con su niño interior va encontrando claves para tratar de resolver el caso. La pregunta es: ¿lo conseguirá?

Dumpi, Vampi...

«Dumpi, que es Dumpi, Vampi, que es Vampi, simpático vampiro que no te quiere morder; Dumpi, que es Dumpi, Vampi, que es Vampi, el dulce elefantito que será tu amigo fiel...». Eran las seis de la tarde y la pegadiza canción sonaba en los televisores de millones de hogares. Los niños de gran parte del país se agolpaban ante la pequeña pantalla —es un decir en la era de los plasmas de cincuenta pulgadas—, para disfrutar de su programa favorito. Sin ser un formato nuevo, más bien todo lo contrario, su aparición en antena había resucitado el éxito de los programas infantiles a la hora de la merienda.

Reconozco que no había visto ese programa hasta esa misma tarde, cuando estaba de visita en casa de mi hermana y vi cómo mis sobrinos se volvían locos, mientras los adultos tomábamos café. Mi hermana había retirado las tazas, sacando los batidos para ellos y unos bocadillos con crema de cacao. Acabé por pedirle otro café y hacerme un bocadillo igual para mí: no es que tuviera hambre, pero ese hábito de mi hermana para con sus hijos me había traído recuerdos de la infancia.

Me hizo gracia y hasta me inspiró cierta ternura ver a la mascota del programa: era uno de esos personajes de felpa —como el Espinete de mi infancia— con aspecto de bebé elefante, vestido como el maestro de ceremonias de un circo y con unos colmillos de vampiro asomando desde dentro de la boca.

Con ojos de adulto y sin la nostalgia de mi época infantil, me habría parecido un personaje ilógico y hasta un pelín hortera; sin embargo, ahí estaba con mi café y mi bocadillo de crema de cacao como en los tiempos en que un erizo rosa y bípedo hacía las delicias de toda mi generación. Estaba yo para decir nada del elefantito vampiro, vamos.

El programa lo tenía todo, la verdad. El estudio era como la carpa de un circo y combinaba la propia conducción del programa en directo, ante los numerosos niños que conformaban el público, con *sketches* pregrabados de humor apto para los pequeños y un capítulo de una serie de dibujos animados protagonizada por el propio Dumpivampi. Mis sobrinos estaban encantados con las aventuras del pequeño elefante que, además, estaba acompañado por otros personajes con los que jugaba y compartía peripecias en cada programa. Siempre he creído que todos tenemos un niño dentro que encarna los vestigios de nuestra infancia en nuestro interior; y he de admitir que el mío se lo estaba pasando pipa.

Tenía ganas de más cuando acabó el programa. Al mirar el reloj de pared del salón de mi hermana, me di cuenta de que se me habían pasado dos horas en lo que en mi mente eran apenas diez minutos. El café se me había enfriado y solo había tomado lo suficiente para no atragantarme con el bocadillo. Me despedí de mi hermana y mis sobrinos. Para ellos, era hora de terminar los deberes, cenar algo ligero y antes de las nueve y media estarían soñando con los angelitos. Y con Dumpivampi, seguro.

Salí hacia mi casa y decidí que iría dando un paseo. La puesta de sol aún tardaría un poco en llegar —cosas de la época estival—, así que fui despacio y rodeando por el paseo de la playa. De esta forma, cuando llegara a las cercanías de mi barrio, podría detenerme a contemplar el fabuloso espectáculo que la naturaleza nos brinda cada día y, tras deleitarme con ese cielo anaranjado mientras Apolo se iba a descansar, solo tendría que cruzar dos calles para llegar a la coqueta casita que heredé de mis padres. Llevaba un par de años viviendo allí, desde que me divorcié. Estaba bien equipada, aun siendo parca en espacio. Sin embargo, faltaba algo. Faltaba ese toque de calidez que aporta la buena compañía para ser un hogar, dulce hogar.

Después de cenar, estuve repasando el último caso. No había demasiado trabajo, por eso lo había dejado para cuando llegara de visitar a mi hermana. Apenas se trataba de una empresa que investigaba a dos trabajadores, cuyas bajas laborales resultaban sospechosas en tanto que siempre coincidían en el tiempo. Ya había reunido algunas pruebas en forma de fotografías de los dos tomando una copa en la terraza de un *pub* nocturno. No obstante, necesitaba algo más contundente; al estar de baja por dolores de espalda y encontrarse en la terraza sentados, no se demostraba la presunta falsedad en sus dolencias. Sin embargo, algo me decía que en los próximos días tendría lo que andaba buscando para terminar con este caso y cobrar una buena suma. Por cierto, mi nombre es Marcos Lacalle, detective privado.

Después de ver un rato las noticias, me encontraba hastiado. La maldita guerra en Europa del Este no terminaba nunca, pese a los esfuerzos diplomáticos por alcanzar un alto el fuego que permitiera negociar la paz sin sobresaltos. Lo del genocidio en Oriente Medio —que los medios se empeñaban en blanquear disfrazándolo de guerra simétrica— era el pan nuestro de cada día: los precios que subían, alguna burrada del politicucho de turno en el Parlamento... Me felicitaba por no poder tener hijos y me preocupaba qué mundo quedaría para mis sobrinos cuando estos tuvieran unos años más. La inocencia de su niñez era un buen bálsamo por el momento, pero era consciente de que no les quedaban muchos años para encontrarse de bruces con ese panorama de mierda. Con esa desazón, me fui a la cama.

Durante varios días estuve trabajando en el caso del absentismo laboral. Después de conseguir unas fotos jugando al tenis y saliendo de noche a una discoteca —nada que ver con la tranquila terraza del *pub* de las otras fotos—, no fue difícil dar el caso por cerrado y cobrar mi cheque al entregar las pruebas. La empresa tenía el caso ganado, así que me encontré aquella tarde sin nada que hacer. Decidí tomarme un par de días de descanso, sabía que no tardaría en llegar otro asunto que investigar. No sabía que el destino me lo iba a traer en bandeja. Tuve el antojo de otro bocadillo con crema de cacao, pero esta vez cambié el café por un chocolate caliente, como cuando era niño. Por supuesto, viendo aquel programa infantil que tanto gustaba a mis sobrinos.

«Dumpi, que es Dumpi, Vampi, que es Vampi, simpático vampiro que no te quiere morder; Dumpi, que es Dumpi, Vampi, que es Vampi, el dulce elefantito que será tu amigo fiel...». Me sorprendí a mí mismo siguiendo con mis manos los movimientos que hacía el elefantito con las suyas. La ternura que me inspiraba volver a ser niño durante esas dos horas que iba a durar el programa me hacía feliz, con mis comisuras llenas de crema de cacao y viendo ese programa como solía hacer más de treinta años atrás con Espinete y sus amigos. Puede parecer una tontería, pero tenía hasta alguna lágrima de felicidad mientras me dejaba convertir en un tierno infante por el simpático personaje que conducía aquel programa.

Dumpivampi había entrevistado a uno de los pocos miembros de una familia de payasos que quedaba en activo. Los Navarro eran una legendaria familia de artistas con una larga tradición circense que también habían participado en espacios de televisión y habían amenizado las tardes de generaciones enteras de niños. Precisamente, en la entrevista se anunciaba la última gira antes de retirarse. Al no tener más descendientes que continuaran el legado familiar, aquella saga dejaría la escena para siempre cuando ese *tour* terminara. Como decía, el tierno personaje despidió a su invitado pidiendo un fuerte aplauso mientras daba paso al capítulo de su serie de dibujos. Y ahí seguía yo, en mi viaje hacia la infancia de la mano de aquel elefantito con colmillos, vestido como un maestro de ceremonias y con su capa de vampiro.

El caso que nunca quise

Aún no había terminado de dar paso a la serie cuando un estruendo sonó dos veces y la imagen se perdió durante unos segundos. El lógico susto había hecho que el cámara que se acercaba al entrañable elefantito para sacar primeros planos se tirase al suelo al sonar los disparos. Cuando recuperó la cámara y la postura, la imagen era desgarradora. Varias personas atendían a Dumpivampi, quitándole la cabeza de elefante para dejar respirar a la actriz que lo interpretaba. La sangre que bañaba sus comisuras y su mirada perdida me hicieron entender que todo esfuerzo sería estéril. Aquel personaje que hacía las delicias de los más pequeños había sido asesinado delante de su audiencia, tanto en el estudio como desde millones de hogares. Sin embargo, nadie vio a quien fuera que descerrajara los tiros.

En ese momento, sentí que me habían vuelto a robar mi infancia. El efímero niño que aún tenía la boca llena de crema de cacao y disfrutaba con el programa favorito de sus sobrinos había vuelto a ser Marcos Lacalle, el perspicaz detective privado. La Policía ya debía de estar camino del estudio, así que me puse en marcha. Nadie me había llamado, pero tenía que hacer algo. Por tantísimos niños, por mis sobrinos… y por mí, que por un rato había conectado con la niñez gracias a ese programa. Habría preferido cualquier otro caso: infidelidades, alguna mascota perdida, robos de correo, incluso, quién sabe, algún caso de corrupción a pequeña escala. Sin embargo, ahí estaba, ante el asesinato de un personaje de televisión para niños en emisión nacional y en horario de máxima audiencia; esta vez me enfrentaba al caso que me había conmocionado al despojarme de esa infancia que parecía recuperar por un breve lapso de tiempo y que iba a mandar a mis sobrinos de cabeza a algún psiquiatra.

Aparqué el coche en la misma puerta del edificio donde se ubicaban los estudios de televisión. Sabía que estaba prohibido, pero también que no tendría problema. La Policía conocía mi coche y, al haber sido de ayuda otras ocasiones, me permitían ciertas licencias. Además, me había hecho muy conocido tras conseguir las pruebas contra aquel concejal de Urbanismo que tramitaba licencias para urbanizaciones por vía urgente, mientras era mucho más laxo a la hora de autorizar rehabilitaciones de viviendas en el casco histórico de la ciudad o de renovar las acometidas de agua. El considerable aumento de patrimonio que había experimentado hacía sospechar, evidentemente, pero conseguir las pruebas para enjaular a ese delincuente era otro cantar. Lo más irónico es que era de los que iba siempre hablando de meritocracia. Tócate la seta…

Por fin, tras pasar controles y arcos de seguridad en el acceso al vestíbulo de la planta baja y tras una subida que se hizo eterna, pese al buen funcionamiento del ascensor, llegué al plató. Una vez alcanzado el piso en cuestión, resultó sencillo de encontrar, aunque era la primera vez que entraba allí: el propio bullicio permitía encontrar el lugar con más precisión que llevando un GPS. Ahí estaba todavía el cuerpo, siendo examinado por la Policía forense mientras algunos agentes escudriñaban cada rincón buscando alguna pista, algún descuido del asesino, que pudiera orientar la investigación del caso en alguna dirección. Había que buscar algo, cualquier cosa, investigar a cada miembro del programa y de la cadena, alguien tendría que tener un móvil para cometer semejante crimen en directo y delante de tantos niños, tanto en plató como en sus hogares. Sin embargo, ¿quién podría tener motivos para querer cargarse a un personaje tan adorable? Lo único que teníamos claro es que había dos direcciones posibles: bien se trataba de alguna envidia profesional por parte de alguien de la cadena, bien de una venganza personal contra la actriz que hacía de Dumpivampi.

—Marcos Lacalle, no sabe cómo me alegro de verlo. —Pese a lo efusivo que pueda parecer este saludo, el comisario Da Ponte parecía muy agobiado y, de alguna manera, contar con mi ayuda parecía aliviarle. Ya no porque fuera un detective conocido, sino porque, cuando ves las cosas demasiado complicadas para empezar, cualquiera que vaya a echar una mano es más que bienvenido.

—Comisario, espero ser de ayuda. ¿Qué sabemos hasta ahora?

—Lo sé, a veces voy demasiado directo al grano.

—De momento, muy poca cosa. Los disparos han sido por la espalda, la munición es de pequeño calibre y falta saber qué aportan las imágenes de las cámaras de seguridad, a ver si encontramos alguna pista.

—¿No hay huellas, algún resto orgánico… nada? —pregunté, extrañado.

—De momento no hemos encontrado nada. Quien sea que hiciera esto sabía bien cómo evitar dejar alguna pista. No se ha encontrado un triste cabello, alguna huella… Supongo que llevaba guantes, debía de tener el pelo corto o llevar algún gorro o pasamontañas. Ha debido de prepararse como si fuera a entrar en un quirófano.

—Comprendo —dije con sequedad. Cuando no hay ninguna pista, al menos aparentemente, puede significar dos cosas: o el culpable ha obrado con excepcional pericia, o hay algo que me están ocultando para que mis descubrimientos sean la ayuda justa para resolver el crimen sin que nadie les impida anotarse el tanto. Cosas de imagen, de política y de presupuestos, como cabe imaginar. Cuando les doy estas respuestas no exentas de aspereza, ellos saben que les estoy diciendo «lo he entendido, ya sé de qué va esto, cabrones».

—Créame, no del todo, señor Lacalle. —Esa última frase que me soltó Daponte me desconcertó, pero rápidamente me dio la espalda y acudió a donde se encontraban dos inspectores que parecían informarle de alguna novedad.

—Creo que usted tampoco, Da Ponte —murmuré para mis adentros.

Me dediqué a echar un vistazo por la escena del crimen hasta donde me permitían los múltiples precintos que acordonaban distintas áreas del plató. Los agentes parecían incómodos con mi presencia, cosa que me resultó chocante, pues habíamos trabajado juntos en incontables ocasiones. Esta vez no solo me enfrentaba a la pericia del asesino de Dumpivampi, sino que también había algo oculto, algo oscuro que enrarecía el ambiente entre viejos colaboradores como aquellos policías y un servidor. Da Ponte tenía razón, no terminaba de entender lo que estaba pasando allí.

Era noche cerrada cuando salí del edificio. Al tacto, sin sacarla del bolsillo interior de mi gabardina, apagué la grabadora. Solía tener unos micros camuflados entre los botones de mi gabardina, por si pudieran captar algo que se me escapara en un primer momento. Pero bueno, siempre me gustó que creyeran que lo del sombrero y la gabardina era por el personaje de Philip Marlowe en lugar de para ocultar aparatitos que sirvieran de ayuda en las investigaciones. Parecía un homenaje al Inspector Gadget; esa niñez que tanto echo de menos y que tan pronto se fue también ha influido en mi forma de trabajar. Si hasta tuve un perro sabueso al que llamé Sultán…, pero ya ha pasado mucho tiempo de eso.

Con la prensa hemos topado

—Marcos Lacalle —me sorprendió una voz a mi espalda. Me volví hacia ella y ahí estaba: la guapa reportera del 46 Channel, la cadena que retransmitía el programa de Dumpivampi. Tenía la cara descompuesta por el suceso, aunque mantenía la imagen de firmeza que la hacía inconfundible; no en vano, Alba Lamas Audaz se había hecho famosa como corresponsal de guerra y estaba curtida en mil batallas, nunca mejor dicho.

—Alba Lamas, ¡qué sorpresa! —respondí.

—¿Cómo ves la cosa, Marcos?

—Color de hormiga, no te voy a engañar. Ningún resto orgánico, ni una sola pista y nadie ha visto aún las imágenes de las cámaras de seguridad. No sabemos absolutamente nada, más allá de que fueron dos tiros por la espalda, desde bastidores —los presentes en plató no habían visto nada— y con munición de pequeño calibre. Por lo demás, estamos en el Triángulo de las Bermudas.

—Entiendo. Cualquier movimiento es dar un palo de ciego, ¿verdad?

—Así es, querida. No podemos quedarnos quietos, pero tampoco sabemos hacia dónde mirar. Acabará cayendo, siempre lo hacen, pero me da que va a costar unos cuantos Dumpivampis...

Conocía el mundo de la televisión, ya que Alba y yo habíamos estado saliendo un tiempo atrás. Aquello no resultó, pero quedamos como buenos amigos; de hecho, fue de esas historias que tienen final feliz, acabando en una amistad sincera y habiéndonos ayudado en infinidad de ocasiones; otras relaciones, en cambio, duran toda la vida entre abruptos intermedios.

Como decía, conocía el mundo del espectáculo y sabía que el programa iba a seguir. Estaba seguro de que en ese mismo momento había un equipo trabajando a tope para confeccionar otro traje de Dumpivampi, alguien haciendo llamadas para encontrar a una nueva actriz, un par de tipos preparando el guion... No podían perder la gallina de los huevos de oro y el pequeño elefante vampiro había sido una jugada magistral: recuperar la programación infantil, donde otros canales daban seriales eternos o *reality shows* infumables, había reportado a la cadena unos picos de audiencia solo equiparables a los de mi infancia cuando apenas había dos cadenas de televisión. Aparte, estaba seguro de que la Policía pediría a la cadena seguir con el programa como fuera. Había que atraer a quien fuera que hubiera perpetrado el asesinato de esa tarde recurriendo para ello a todo cuanto fuera posible.

—¿Va a tocar vivir en el plató? —preguntó Alba al cabo de unos instantes.

—Para ti, si quieres colaborar en la investigación, sí. —Efectivamente, se lo propuse con la «sutileza» que me caracteriza—. Si lo hacemos la Policía o yo, podría resultar contraproducente. La gente no es tonta, y este asesino parece que tampoco.

—Creí que no me lo ibas a pedir nunca —contestó entre risas y colocando la mano como si fuera a ponerle un anillo. Supuse que estaba bastante jodida por lo acontecido ese día, porque verla reír y gastar semejante ironía era más bien poco habitual; de hecho, si no la conocías, tenía fama de borde. A mí me encantaba precisamente esa fachada de sargento con un mal día que ocultaba tras de sí a la persona más divertida del mundo. Era la versión femenina, rubia y guapa de Eugenio, ese humorista que jamás se reía, aunque hiciera descojonarse a un auditorio entero.

—No iba a hacerlo, pero has tenido una buena idea. —Otra sutileza más. Sabía que ella lo entendería. Estaba seguro de que había sido alguien de dentro o que, al menos, tuviera acceso a las instalaciones. Teniendo en cuenta que yo tuve que pasar por el arco de seguridad y que no pasé más controles por mi fama y la urgencia del caso, era simple deducir que no resultaba fácil colarse allí con un arma. También sabía que era mejor tener a una hábil reportera siendo mis ojos y oídos que a un puñado de agentes. Más que nada porque, siendo sus caras desconocidas para los de la cadena, habría resultado sencillo darse cuenta de que les estaban vigilando. Habría sido poco menos que decirle al asesino «córtate un poco, por Dios, que te estamos observando».

Alba aceptó y me concedió unos minutos para llamar a Da Ponte. Al fin y al cabo, yo no tenía ninguna autoridad más allá de la deferencia y el respeto por haber colaborado en tantos casos, y aun aquel día pude observar cierto recelo. Eso me hizo pensar más de lo que me habría gustado. Da Ponte confirmó esa sensación de recelo cuando, al decirme que aceptaba mi sugerencia, su voz dejaba entrever cierto fastidio. No obstante, tuvo que admitir que era una buena idea, que era lo más lógico, y accedió; eso era lo único que me interesaba. Por lo demás, me daba igual que rabiara, que le pareciera bien o que se arañara las plantas de los pies con un cardo borriquero.

Me despedí de Alba con un cálido abrazo. Ella, que me conoce bastante bien, susurró en mi oído un «todo va a salir bien» que me hizo estremecer. No era difícil para ella entender que este caso, para mí, significaba mucho más que un nuevo entuerto que deshacer. Sabía que me afectaba emocionalmente, aunque no supiera por qué. No tenía ni idea del impacto de haber visto el programa en directo ni de mis sobrinos ni del fin abrupto de ese reencuentro con mi niño interior, al que tanto echaba de menos.

El niño que volvió

Al llegar a casa, me sentía extraño. Colgar la gabardina y el sombrero me había brindado una sensación de alivio más sensible de lo habitual. La ducha limpió algo más que mi cuerpo, ayudándome a templar la mente y hasta haciéndome sentir como si limpiara mi espíritu con el vapor que se concentraba entre los cristales de la mampara. El vaho parecía aislarme del resto del mundo, creando una barrera ficticia que creaba una sensación de seguridad: pocas veces, y es decir mucho, me había sentido tan pequeñito e indefenso. El niño que fui había vuelto a abandonarme de manera súbita, como había ocurrido treinta y cinco años antes, dejando tras de sí su hueco con sabor a vacío. No sé si lo mataron las mismas balas que a Dumpivampi o si salió corriendo al oír los disparos.

Cené con cierta desgana, a pesar de tener mucha hambre. O, mejor dicho, tenía un hambre perruna, pero también pereza por cocinar. Metí los platos en el lavavajillas y me dirigí a la mesa auxiliar. Allí, miré un rato hacia el tablero de ajedrez donde llevaba jugando una partida conmigo mismo desde hacía semanas; logré mover un par de piezas, aunque pensar cómo moverlas para hacer una buena jugada me resultaba más difícil que otras veces. No sabía hasta qué punto era buena idea implicarme en este caso, viendo que se acercaba a mis heridas interiores hasta mezclarse con ellas y hurgaba en mis adentros con un dedo imaginario; sin embargo, no podía evitar pensar en mis sobrinos, en esos otros niños que no eran yo y en el asco infinito que me daba quien estuviera dispuesto a traumatizar a millones de críos en un instante por cobrarse sabe Dios qué cuenta pendiente o ejecutar a saber qué venganza. Los adultos siempre a sus cosas sin pensar en los demás. Asco de mundo…

No podía evitar pensar en lo poco que sabíamos del caso. No se había encontrado ninguna huella ni nada que pudiera orientarnos en alguna dirección. No debió de pasar por control alguno; de lo contrario, no habría sido fácil que pudiera entrar con un arma: yo seguía en mis trece, pensaba que había sido alguien de dentro del canal. Y ese era el único indicio que tenía para seguir; sin embargo, contar con la ayuda de Alba era un punto a favor. Si, además, conseguía carta blanca para entrar y salir del edificio a discreción, habría mucho ganado para intentar buscar ese renuncio en el que todos los criminales caen cuando se creen en control de la situación. No debí tardar en quedarme dormido, acunado por mis pensamientos.

Al despertar por la mañana, mi mente no tardó en volver al caso. Normalmente me costaba despertar del todo, pero esa mañana mi cabeza estaba a tope. La primera ocurrencia que tuve fue navegar por la red y descargarme los programas del *show* que había en la web de la cadena; quizá no aportara gran cosa al caso, o quizás sí, pero aparte quería tener episodios de ese programa. Me había gustado, me había traído evocaciones de esa tierna edad que recuerdo de forma borrosa. Y, saliera como saliera este caso, quería poder tener mi espacio para disfrutar como el niño que no pude ser, con mi bocadillo de crema de cacao y mi vaso de chocolate caliente. También era cierto que descargar este tipo de contenidos se ha quedado antiguo, pudiendo verlos en *streaming;* sin embargo, quería poder ver el programa, aunque pudiera averiarse la conexión a internet. No era solo una cosa de *boomers.*

Cada programa me llevaba de vuelta a aquellos tiempos en que mi madre me enseñó a leer la hora del reloj para que dejara de preguntar cuándo empezaba el programa de Espinete y Don Pimpón. Ni siquiera supe que se llamaba *Barrio Sésamo* hasta mucho después. Entonces, ella señalaba al vetusto reloj de pared que teníamos en el salón y me explicaba qué hora era según la posición de las manillas. Además, los guarismos estaban impresos en números romanos. Dos pájaros de un tiro, oiga. A veces venían amiguitos del cole o íbamos nosotros a sus casas. Después del programa, salíamos a jugar y la noche llegaba mientras repasábamos las letras o los números que habíamos visto en el colegio antes de cenar y mi padre llegaba extenuado del trabajo. Los recuerdos de la niñez que mi memoria puede evocar eran el mayor tesoro que tenía. Un tesoro, ya borroso por los años, que parecía remasterizado y brillaba como nuevo cuando veía otro episodio de ese programa que tanto deleitaba a mis sobrinos.

La mañana pasó mientras buscaba información de los rostros más conocidos de la cadena. La actriz que encarnaba a Dumpivampi se llamaba Sara Lema, conocida por su voz aniñada y especializada en este tipo de personajes infantiles. Había prestado su voz en innumerables series de dibujos animados hasta que había decidido formarse un poco más en expresión corporal y presentarse a la audición para interpretar al simpático elefantito.

Curiosamente, ese aprendizaje tardío a la hora de manejar su cuerpo en escena había sido su mejor baza. La leve torpeza en algunos movimientos y la falta de soltura hacían que su desempeño la hiciera parecer un bebé aprendiendo a caminar. Justo lo que el personaje necesitaba para parecer uno más de esos tiernos pequeñuelos que nutrían su público, aun a falta de orejas grandes, trompa y colmillos. El papel era suyo.

Llamé a Alba para preguntar por esta anécdota. Teniendo en cuenta que era información que aparecía en Internet, podría ser cierta o ser una de esas historias chorras que a veces se inventan para generar interés por la actriz y el personaje y, por tanto, por el programa. No siempre las anécdotas que encontramos sobre según qué personajes son ciertas, aunque cuenten una buena historia y generen reacciones que mantienen en el candelero cuanto se quiera promocionar. Alba me contó que no solo era cierto el episodio, sino que había generado algún malestar en personas que llevaban más tiempo preparándose para esa audición. Sara había obtenido muchos buenos papeles en poco tiempo. Me dio los nombres de las personas que participaron en ella, puesto que era una posibilidad nada descabellada que, ante el éxito del personaje y su espacio en televisión, alguna envidia hubiera podido empuñar el arma homicida. Henchido de satisfacción y ávido de otro reencuentro con mi yo más infantil, me dispuse a ver otro programa más del difunto elefantito. Ese niño interior que tenía dentro de mí ya estaba pataleando de la impaciencia.

¿Dónde estás, papá?

Después de pasar el día cotejando los pocos datos que tenía de todos los participantes de aquel *casting,* almorcé y me eché un rato en el sofá. Me gustaba, cuando podía, echar una siesta corta. Media hora, quizá tres cuartos, no más. Lo justo para descansar un poco la mente sin despertarme luego atontado por un sueño demasiado largo. Sin embargo, no sabía que estaba dejando el camino expedito para que aquel recuerdo de ruptura con mi infancia viniera a visitarme.

En mi sueño volvía a salir del colegio mientras mi abuelo me esperaba. Ese día me habían castigado y salía quince minutos más tarde que el resto de los niños. Había hecho una trastada, tirando de las trenzas a la niña que me gustaba; Natalia se sentaba delante de mí y no sabía cómo llamar su atención, buscar que me hiciera caso de algún modo. La cara de mi abuelo al salir lo decía todo: me esperaba una buena regañina, probablemente me iba a calentar el culo a mano y no saldría a jugar hasta que se le pasara el enfado. Sin embargo, yo no hacía sino mirar a los lados: era el cuarto o quinto día que mi padre no estaba a la salida del colegio.

Mi madre no solía venir. Hacía varios meses que habíamos ido a vivir con los abuelos, desde que ella enfermó. Además, ella y mi padre se tenían un odio tan visceral que no era raro que se armara una buena bronca cada vez que él aparecía, bien para recogernos a mi hermana y a mí, bien para dejarnos de vuelta en casa. Llevaban como un año separados y no había manera de templar la hostilidad entre ellos. Ni siquiera porque estuviéramos nosotros en medio. Al final, no sabíamos si queríamos que papá viniera para verlo y estar con él, o si preferíamos que no lo hiciera por ahorrarnos otra zapatiesta.

Como decía, ahí estaba mi abuelo con cara de pocos amigos por mi castigo escolar y mi mala conducta, aunque también con la resignación de que su jubilación no fuera a ser un tiempo de descanso y de viajes con mi abuela, sino de hacerse cargo de mi madre enferma y de dos nietos en plena infancia con el alboroto y las travesuras que ello suponía; que no es lo mismo mimar a los nietos el fin de semana que hacerte cargo de su crianza y educación. Bastante tenía con no desenfundar el cinturón como cuando mi madre era pequeña. Ahí estaba, regañándome con dureza, exigiéndome que espabilara y recordándome que tenía que ser el primero de la clase, porque era el hermano mayor y, encima, el varón. Que tenía que convertirme en un hombre de provecho para sustituir la figura de mi padre. Y, al segundo azote en el culo que intercaló con la bronca que me estaba echando, yo miraba de nuevo esperando que la camioneta de mi padre apareciera.

Me desperté en aquel llanto de hace casi cuarenta años: «¿Dónde estás, papá?». Es cierto que, años más tarde, nos volvimos a encontrar. Él me dio todas las explicaciones que le pedí, todo fue perdonado, mantuvimos una relación padre-hijo envidiable hasta que aquel accidente se lo llevó. Sin embargo, era como sacar la espada del cuerpo y destruirla: la herida abierta por el acero sigue ahí, sangrando y esperando a cicatrizar. El abandono de tantos años fue perdonado y sanado, pero sus secuelas necesitaban más tiempo. Algunas, en ese tiempo en que Dumpivampi era un reencuentro con esa infancia rota, seguían doliendo. Definitivamente, lo que tenía entre manos no era solo un caso más que resolver.

Me había despertado en ese llanto infantil que se había extrapolado a este adulto que despertaba de la siesta. Tenía la sensación de que este caso podía quedarme grande, aunque esa inseguridad era la base de mi éxito como detective: a veces no es malo sentir que no eres suficiente, si ello te lleva a emplearte a fondo, a querer mejorar y, al final, acabas obteniendo resultados. Cuando crees saberlo todo, algo vas a pasar por alto, porque el celo y la necesidad de esforzarte parecen atenuarse. Sin embargo, esa inseguridad tenía origen en las altas exigencias de mi abuelo para conmigo: tenía que ser el primero de la clase, tenía que ser el que mejor lo hiciera todo, atender cada vez que venía el fontanero o el electricista para aprender a hacer trabajos más manuales… Nunca era suficiente y, al no tener la sensación de alcanzar ninguna meta, vivía en un sentimiento de continuo fracaso. Mi abuelo hizo las cosas lo mejor que supo. Quizá no las hiciera bien o no estuviera precisamente acertado, pero hizo las cosas lo mejor que supo.

Cuando el café me espabiló y salí de este viaje a mi niñez, continué con los datos de aquella audición. Necesitaba averiguar si alguno de los actores que participaron en el *casting* seguía en la cadena o en alguna productora que creara contenidos para ese canal. Que alguien hubiera matado a Sara Lema por envidia era una posibilidad, que ese alguien tenía que estar dentro de la cadena para haber podido introducir el arma sorteando los controles era, si no un hecho, la explicación más plausible para que nadie detectara nada. Como ya dije antes, a pesar de ser conocido y de estar implicado en la investigación, tuve que pasar tantos controles que no sabía si iba a visitar la escena de un crimen o a tomar un avión. Quien haya tomado un vuelo sabe que son controles parecidos.

Alba me había dicho que no le sonaba ninguno, pero ella, al fin y al cabo, era reportera y estaba todo el día de acá para allá. Estaba tan absorbida entre buscar información, redactar las noticias según se iban a decir en el informativo o conectarse en videollamada con algunos de sus entrevistados, que vivía bastante ajena al día a día en aquella ratonera de cubículos, despachos y platós donde se producía cada programa que no demandara un espacio más amplio; para eso ya tenían los estudios que había en un polígono de las afueras.

Teniendo en cuenta los nombres que pasaron por el tamiz de permanecer relacionados con la cadena, supuse que no estaba yendo en la línea adecuada. Sus trayectorias y proyectos actuales sugerían grabar en esos estudios externos, fuera del edificio, siendo bastante raro que pudieran estar en el edificio donde la pobre Sara Lema se encontró con la Parca. No obstante, prefería tener todos los cabos atados antes de descartar lo más mínimo. Si, por lo que fuera, daba con algún sospechoso y erraba el tiro a la hora de pillarlo, ya estaría prevenido de que le estaba investigando. En definitiva, cualquier fallo, por nimio que fuera, se cargaba todo el trabajo: tanto el de la Policía como el mío.

Tío Marcos

Al día siguiente fui a visitar de nuevo a mi hermana. Ella veía venir que lo ocurrido durante el programa de un par de días antes me llevaría de vuelta por su casa. Siempre ocurría cuando tenía alguna crisis de las mías y, aunque se lo negaba en todo momento, era cierto que atravesaba por una. Mi hermana conoció mis peores momentos, donde la herida del abandono y cada derivado de ella hacían mella en un Marcos adolescente. Si ya andaba perdido en mi niñez por las muescas que tenía en el alma, era fácil imaginar cómo se acrecentaría cuando las hormonas y los años difíciles de toda persona empezaran a hacer de las suyas.

No obstante, lo primero era ver cómo estaban mis sobrinos. Seguro que se habían llevado un buen susto el día del crimen. Al parecer, el programa del día anterior les había gustado, aunque notaban a Dumpivampi un poco raro. Por lo visto, en la cadena tenían ya a una actriz en la recámara para eso. *Show must go on,* que cantaba Queen. En realidad, lo habitual era tener a varias, por si hubiera proyectos o cuestiones de agenda que impidieran a alguna involucrarse en el proyecto. En la televisión, como en el fútbol, es buena cosa tener un banquillo extenso. Incluso no era de extrañar que pudiera haber más sustituciones: si quien interpretaba al elefantito no era la primera opción de los productores, era práctica común que alguien hiciera ese trabajo de forma provisional, mientras la elegida terminaba lo que estuviera haciendo. Otras veces sonaba la flauta y la persona que estaba supliendo provisionalmente se quedaba al final con el puesto. Así las cosas, nadie podía descartar que pudiera haber más tiros.

—¡Tío Marcos! —me saludaron mis sobrinos.

Se me echaron prácticamente encima y suerte que estaba cerca del sofá. Mis sobrinos eran muy efusivos, pero ya eran algo grandes para su edad y los muy cabroncetes empezaban a pesar. Mi hermana fue a preparar la merienda de los niños y los cafés para nosotros. Me habría gustado echarle una mano, pero me dijo que estaba mejor distrayendo a los niños, que así podía prepararlo todo sin nadie tirándole del brazo.

Estábamos ya en plena merienda cuando sonó la sintonía del programa. Los niños ya estaban delante de la pantalla apurando su bocadillo de crema de cacao y con sus batidos en la mesita baja del salón. Sus manitas seguían los movimientos de Dumpivampi y, pese al sensible cambio en la forma de moverse o de hablar, seguían el programa con la misma ilusión. Incluso parecían más alegres: en sus infantiles cabecitas, su personaje favorito había sobrevivido a algo que no sabían qué era, pero que les había dado un buen susto en el programa de hacía dos días. Más que un elefante vampiro que presentaba un programa, para ellos era una suerte de héroe inmortal.

Había algo en la forma de moverse del elefantito que me resultaba llamativo. Aunque al caminar daba pasitos torpes que infundían ternura, como los de un bebé cuando está aprendiendo a andar, lo cierto es que parecía cojear levemente de la pierna izquierda. Grabé con el móvil un trocito de programa para registrar ese detalle; cualquier cosa, por insignificante que pareciese, podía dar con la clave para resolver el caso.

Aunque era cierto que había grabado a la actriz sustituta de la asesinada Sara Lema, eso no la eximía de ser sospechosa a falta de alguna prueba o, al menos, un indicio que incriminase o exculpase a alguien. En ese momento, cualquiera podía ser susceptible de haber matado a la actriz por cualquier motivo: apropiarse de su puesto en un programa de éxito, vengarse de alguna rencilla personal, cobrarse alguna cuenta pendiente... El ser humano es prodigioso para bien o para mal. Lo mismo usa su capacidad para avanzar hasta niveles insospechados o para matar a una persona delante de millones de niños por puro egoísmo, avaricia o cualquier negrura que contenga su alma.

—Tío Marcos, ¿te gusta Dumpivampi? —preguntó, de repente, Daniel, mi sobrino mayor.

—Sí, mucho.

—Pero es un programa para niños y tú eres mayor.

—Pues me gusta, porque me recuerda a cuando era niño —le contesté.

—¿Tú también fuiste niño? —quiso saber, con su cándida inocencia.

—Claro, todos lo hemos sido. Cuando tú crezcas, puedes ser como yo.

—Pero yo no quiero ser como tú, tío Marcos. Siempre pareces triste y los niños nos reímos mucho. Crecer no es divertido.

Me quedé sin palabras ante semejante respuesta. Muchas veces dije que los niños y los animales pueden vernos por dentro y el zasca psicoanalítico del alma que me acababa de soltar Daniel así lo confirmó.

—Anda, Daniel, sigue viendo el programa, que te vas a perder la serie —intervino mi hermana, acudiendo en mi rescate. Creo que pocas veces agradecí tanto que alguien interrumpiera una conversación. El dichoso niño había dado justo en la diana, sin paliativos. Y no solo por dejarme mudo con su aplastante lógica infantil; su dardo se clavó justo en esa herida que nunca se cerró.

De camino a casa, repetí el ritual de siempre que iba a ver a mi hermana: volver caminando, rodeando por el paseo marítimo para fumar un cigarrillo, mientras observaba la puesta de sol. Luego, cruzar esas dos calles hasta mi casa. Cabizbajo y rumiando todavía las palabras de mi sobrino, entré en mi morada y me senté en el sofá. ¿Qué más señales necesitaba? Si ya quería resolver el caso por todos los niños que tuvieron que presenciar la dantesca escena, en ese momento entendí que el primero de esos niños era yo mismo. Ese que no me dejaron ser y que me estaba tirando del brazo sin que siquiera me hubiese dado cuenta.

El niño perdido

Llamé a Alba y le pregunté por la actriz que encarnaba a Dumpivampi. Omití el detalle de la cojera, que, al fin y al cabo, mi amiga es periodista. No quería darle demasiadas pistas, no fuera a ser que formara su propia línea de investigación y nos contamináramos mutuamente al intercambiar información. Cada uno preguntaba, el otro respondía, y viceversa, sin más comunicación al respecto del caso. De otro modo, nos íbamos a estorbar. Es más, sabía que ella estaría investigando también. Nunca me lo dijo, pero lo sabía: no se formó como periodista para ser la chica guapa que sale en televisión.

Le pregunté si había algún tipo de grabación del *casting* donde Sara Lema fue elegida y si había imágenes de los otros actores. El detalle de la cojera de la nueva actriz me había dado una idea: si detectaba alguna característica en la forma de andar, moverse o expresar con el cuerpo, quizá pudiera distinguirlo en caso de que hubiera alguien sobre quien pudieran recaer sospechas contundentes. O si aparecían más imágenes de las cámaras de seguridad, o qué sé yo. No apareció nada en el escenario —nunca mejor dicho— del crimen, y las grabaciones de seguridad que teníamos apenas mostraban la imagen de alguien encapuchado, vestido totalmente de negro, con ropa ancha que no dejaba intuir siquiera las formas de su cuerpo y caminando desde el pasillo que había tras bastidores hasta el primer recodo. A partir de ahí, no se le veía por ninguna parte. No había imágenes por todo el edificio. No apareció ni un triste pelo, nada que pudiera dar un rumbo a la Policía, a Alba o a mí mismo.

Alba me dijo el nombre de la actriz: Lucía del Sol. Cualquiera diría que pudiera cometer un crimen tan oscuro alguien con un nombre tan luminoso y que interpretaba a un personaje para niños. Sin embargo, no dejaba de ser un simple juego de palabras. Recordando las imágenes de las cámaras y la leve cojera que observé viendo el programa, estaba casi seguro de que podía descartar su participación en el suceso, pero por mi experiencia sabía que nada ni nadie está descartado del todo hasta que es impepinable que no ha podido ser el culpable. La cojera podía corregirse con algún suplemento o algún calzado ortopédico y nunca se sabe hasta dónde puede llegar la ambición de una persona: el mundo del espectáculo está lleno de anécdotas de empujones, caídas fortuitas y un largo etcétera de sucesos casualmente beneficiosos para alguien que, hasta entonces, permanecía en el ostracismo del anonimato.

Intenté cruzar los datos que tenía sobre Sara Lema con los que iba consiguiendo sobre Lucía del Sol: dónde habían coincidido, en qué *casting* podrían haberse encontrado, si se conocían de mucho o de poco… A fin de cuentas, tampoco podía descartarse el móvil personal, aunque pareciera más plausible el artístico. Ante un caso sobre el que nada teníamos, más que una actriz muerta, cualquier posibilidad podía ser la buena. También podía ser una más de las malas. En realidad, llevábamos dos días en el punto de partida y sin saber a dónde mirar.

Cayó la noche cerrada y me sentía agotado. Mi cuerpo no había acusado demasiado desgaste, pero mi cabeza estaba totalmente saturada. Todos los caminos llevaban a Roma y Roma era mi cama. Y, bajo las sábanas, todo parecía más llevadero y agradable. Me sentía seguro y protegido, como cuando era pequeño y mi madre aún me leía cuentos antes de dormir. Luego llegó la ausencia de mi padre, las necesidades de mi hermana pequeña, los propios trastornos de mi madre y el hastío de mis abuelos con la propia vida. Llegó la necesidad de «hacerme hombre» lo antes posible: tenía que ser el mejor en cada cosa que hiciera, aprender todo muy bien y rápido... Desde que mi padre no estaba hasta hoy mismo, he vivido bajo presión, la que me infundía mi familia y la que, por inducción, me acababa metiendo yo mismo.

Caí profundamente dormido mientras estos recuerdos me flagelaban como cada noche. En mi habitación, una silueta infantil me destapaba y me tomaba la mano, tirando de ella hasta hacerme levantar.

—Tienes que jugar conmigo —me decía. Por la voz, era un niño.

Yo era incapaz de decir nada, solo lo seguía. Al abrir la puerta de mi habitación, se veía una escalera de metal que ascendía más o menos un piso. ¿Cómo podía ser, si ya estaba en la planta de arriba de la casa? Seguí al niño por la escalera y, al llegar arriba, estaba ante un enorme tobogán en el que cabíamos perfectamente los dos juntos. Aun así, el niño insistió en tirarse primero. Cuando me lancé, el cosquilleo en mi barriga me sugería una velocidad endiablada. Lo raro era que, mirando alrededor, no percibía esa imagen borrosa y cambiante que ves cuando miras a los lados y vas muy rápido con el coche o en el tren.

—Vamos, juega. Piensas demasiado —me decía el niño desde abajo. La cadencia en su tono me producía ternura, como la de mi sobrino Daniel hasta hace un par de años; el timbre de su voz, sin embargo, me resultaba familiar y no era del inocente y preguntón hijo de mi hermana.

Por fin llegué al final del tobogán y el niño se giró hacia mí. Palidecí de repente y el cosquilleo en la tripa era aún mayor que el que sentía mientras bajaba por esa pendiente por la que acababa de tirarme: ¡era yo de niño! Su cabello era castaño, como el mío a su edad. Sus ojos marrones con vetas verdosas eran los mismos que me escrutaban desde cada foto mía cuando abría el álbum familiar. En ese momento, entendí la mezcla de ternura y desazón que me producía su voz y por qué me era tan familiar.

—Tienes que jugar conmigo —repitió.

Desperté en el sobresalto que me produjo ese sueño y, aun al despertar, podía ver esa silueta desvaneciéndose. Estaba todavía en esa frontera entre el sueño y el despertar, en la que todos permanecemos unos momentos antes de aterrizar del todo y despertarnos en todo lo amplio de la palabra. Jadeaba como si hubiera salido de una pesadilla, aunque, en realidad, sentí de todo menos miedo. La ternura, la inquietud, la nostalgia, la tristeza… Una multitud de emociones entraban y salían de mí como la katana de un samurái ante un bloque de mantequilla fundida. Ese niño perdido que era yo hace tantos años quería decirme algo. Algo más allá de que pienso demasiado.

Esa mañana cambié el café y las tostadas por leche con cacao y unas galletas. Me lo pedía mucho el cuerpo. Pese al extraño sueño y el sobresalto, no me sentía cansado. El caso de Dumpivampi vino a mi cabeza sin que nadie lo llamara y, aún con medio vaso de leche por tomar y las últimas galletas en la boca, me dirigí al ordenador. Repasé las últimas notas que tenía. Lucía no trabajaba en la cadena, aunque sí en una de las productoras que creaban contenido —series y programas— para ella. Esto le daba acceso al edificio, que era la primera premisa que necesitaba comprobar. Era factible que, con el tiempo, fueran menos exigentes con ella a la hora de pasar por los distintos controles y poder introducir un arma en el edificio. A fin de cuentas, «había confianza».

Me pareció un buen filtro para descartar sospechosos. Al fin y al cabo, si alguien no podía entrar en el edificio era imposible que hubiera podido disparar a Dumpivampi. Resulta que de aquel *casting* quedaban tres nombres más: al de Lucía del Sol, se unían María Leira, Miquel Beltrán y Rosa Foncubierta. Cualquiera de ellos y de los restantes podía tener algún tipo de relación con el crimen, dado que la posibilidad de un asesinato por encargo nunca estuvo descartada. Pero no era buena idea querer meter el segundo gol antes del primero: primero había que ir a por quien fuera que apretara el gatillo. Ya habría tiempo para saber si actuó *motu proprio* o por encargo de alguien más.

«Piensas demasiado. Tienes que jugar conmigo». Mi yo del pasado, mi yo infantil, interrumpió abruptamente mis pensamientos. No estaba allí, yo no lo veía y, de hecho, estaba despierto. Pero su voz se coló en mi cabeza entre los nombres, los contratos y los elementos que podían facilitar que se cometiera el crimen. No sabía qué hacer ni cómo jugar conmigo mismo, así que me puse a ver un par de programas más de los que había descargado. Quizá Đumpivampi hiciera callar al niño un rato.

Juego de niños

Acabando el segundo programa, el gruñido de mis tripas hizo las veces de reloj: era la hora de comer. Ese día me preparé unos macarrones con atún, queso rallado y mucho tomate frito, mi plato favorito de la niñez. Me sorprendí a mí mismo comiendo con ansia, disfrutando de pringarme las comisuras al engullir tal manjar como cuando era un renacuajo —salvando la distancia de mi adulto bigote, también ungido de tomate—. Miraba, como siempre, a la silla vacía que tenía delante desde que me divorcié. Esta vez la vista me devolvía el rostro de ese niño que intentaba volver a ser.

Divertido, dejé la firma de mi boca en la servilleta y, tras fregar los platos, me eché una pequeña siesta. Aunque fue corta, lo cierto es que me dio tiempo a jugar un rato al pillapilla con ese niño que era yo en mi propio sueño. A veces, fingía una molestia en la pierna y salía corriendo a toda velocidad cuando creía que iba a atraparlo. En una de esas carreras, desperté.

Llamé de nuevo a Alba y le pregunté por Lucía del Sol. Tenía curiosidad por conocerla, ver qué me podía transmitir en persona, así que decidimos fingir que iba a recogerla para tomar algo. Todo el mundo sabía que habíamos salido juntos y que seguíamos siendo amigos. Por desgracia, ser dos personas conocidas en la ciudad conllevaba poder guardar muy pocos secretos, si querías llevar una vida más o menos normal. Curiosamente, eso nos daba ahora una cierta ventaja: nadie sospecharía de que Marcos Lacalle fuera a recoger a Alba Lamas para tomar algo un día cualquiera.

Ella, por su lado, sabía cómo coincidir con Lucía con cierta facilidad. Tenía unos hábitos muy consolidados, casi automáticos, con lo cual sería fácil reservar la mesa de al lado de la suya para hacernos los encontradizos cuando tomase la cerveza que solía echarse al cuerpo después del programa. Nosotros alargaríamos la velada hasta la cena para justificar la reserva de la mesa y quizás así pudiéramos charlar un poco con ella. Algo me hacía querer verla de cerca, observarla y sacar alguna conclusión.

Cuando llegué al edificio de la cadena, Alba ya me esperaba en la puerta. Me aliviaba saber que no tendría que pasar por los arcos de seguridad y los distintos controles que encontré el día que subí al plató.

—Vaya, Marcos, tienes buena cara hoy —dijo cuando me acerqué. No era un simple cumplido, Alba era parca en ellos.

—He debido dormir bien —respondí, quitándole importancia. Aunque debo reconocer que me hizo sentir muy bien ese comentario. ¿A quién no le gusta sentirse atractivo?

—No sé, tienes un brillo diferente.

Me descolocaba un poco recibir tantos halagos, pero a nadie le amarga un dulce, ¿no? Además, nos hacía ver más naturales ante los ojos de cualquiera. Aún se notaba menos que hubiéramos quedado para proseguir con nuestra investigación. Fumamos un cigarrillo antes de entrar al bar y nos sentamos en el lugar que teníamos reservado. Supuse que Lucía era la mujer de la mesa de al lado, a la que acababan de dejar la cerveza en la mesa y le decían que su tapa de choricitos al vino llegaba enseguida. Querría haber llegado antes para verla entrar, pero Alba insistió en darle un poco de margen. Ella no solía ir a ese lugar y no era cuestión de que nuestra investigada pensara que la estábamos esperando.

—Pues no está mal el sitio, creo que has acertado —dijo Alba, haciendo ver que la sugerencia de ir allí era mía. Le salía tan natural que casi me sentí orgulloso de la elección, hasta que recordé que era fingida para poder coincidir con Lucía—. Es curioso que no haya venido nunca cuando me pilla tan cerca del trabajo.

—Paré a comprar tabaco hace unos días y me gustó el local. Aparte, olía muy rico cerca de la cocina —respondí.

Conversamos sobre banalidades como qué tal nos había ido el día y qué planes teníamos para los siguientes, cuando me di cuenta de que Lucía no me quitaba la vista de encima. Obvié ese hecho a propósito, dándole espacio para que no notase que me había dado cuenta. Quería dar espacio a su reacción.

—¿Marcos… Lacalle? —La voz de la actriz sonó casi en mi oído. Lucía del Sol se había levantado y se había acercado a nosotros—. No me puedo creer que esté usted aquí.

Francamente, me sorprendió la manera de tomar contacto, aunque era la misma que iba a emplear yo. La había visto en una serie de hacía años; de hecho, tenía la curiosidad de cómo una actriz dramática había terminado optando a presentar un programa infantil bajo el disfraz de Dumpivampi.

—¿Lucía del Sol? Es un honor, me encantó su papel en *El diamante de Isabel*.

—Gracias. Me tomé un tiempo después de esa serie y aquí estoy de vuelta.

—¿Le apetece sentarse con nosotros? Supongo que conoce a Alba Lamas.

—Sí, claro, ahora nos vemos mucho por aquí arriba —respondió Lucía, señalando hacia los estudios de la cadena—. Será un placer compartir un ratito con ustedes.

Después de que nos pusiéramos de acuerdo en que ya podíamos tutearnos, hizo una seña al camarero para hacerle saber del cambio de mesa. No percibí esa pequeña cojera que le había visto en pantalla.

—Sabes que mis sobrinos ahora son fans tuyos, ¿verdad? —le dije, aprovechando que estábamos ya más distendidos.

—Bueno, lo son de Dumpivampi. Sara hizo un muy buen trabajo y ahora tengo que continuarlo.

—¿Conocías a Sara Lema? —pregunté de sopetón.

—Claro, éramos buenas amigas y compartíamos piso en nuestros inicios. Luego, cuando yo ya estaba en la serie, dejé aquel piso en cuanto pude comprar la casa. Ella prefirió quedarse. La verdad es que era muy sencilla, le bastaba con poco para estar contenta. Yo prefería tener mi casa, con jardín y unos cuantos perros. Pero siempre estábamos en contacto y quedábamos a tomar algo de vez en cuando —se explayó Lucía. Alba había ido un momento al baño y luego salió a fumar. En realidad, me estaba concediendo tiempo para poder preguntar cuanto pudiera a nuestra investigada.

—¿Sabes? Me ha sorprendido lo rápido que te has adaptado al papel de Dumpivampi. De aquella serie a esto hay mucha diferencia y, sin embargo, lo haces muy bien. Mis sobrinos casi no han notado la diferencia.

—Bueno, recordaba muchas ideas de Sara. Ella quería crear un personaje para niños cuando le llegó este papel. Y recuerdo que cuando tomábamos algo, me contaba cómo pensaba que fuera. Era un pirata, con su pata de palo y su loro en el hombro. Si has visto una pequeña cojera que tiene ahora el elefantito, la hago como homenaje a Sara.

La única pista que tenía resultó ser falsa, pero algo me había llegado muy adentro en esta historia. Era imposible que ella hubiera matado a Sara Lema, habida cuenta del cariño con el que hablaba de ella, ese homenaje en la cojera pirata del elefante, esos ojos vidriosos al recordarla… Estaba claro que Lucía había cogido ese personaje como un recuerdo a su amiga y otrora compañera de piso. De algún modo, me alegró saber que tenía que seguir buscando. Lucía me estaba cayendo demasiado bien como para tener que vincularla con un crimen. No hubiera sido la primera vez que ocurría, pero siempre me parecía una reverenda mierda. Por otro lado, me quedaba dentro ese ínfimo porcentaje de duda: nunca hay que olvidar que todo el mundo miente.

La gallinita ciega

Alba volvió a la mesa tras concederme esos minutos a solas con Lucía. Esta acabó su cerveza y su tapa solo unos minutos más tarde, comentando el caso por el que me conocía. Mi nombre había sonado mucho en los medios de comunicación por haber resuelto algunos casos complejos. Sin embargo, el que había convertido a Lucía en una especie de seguidora de mis andanzas había sido una chorrada: un caso típico de infidelidad conyugal. Lo único que puso un poco de picante al asunto era el jaleo que se armó por la relevancia del investigado, la denuncia de su ahora exmujer y el sensacionalismo de la prensa. Básicamente había sido un caso sencillo al que distintas variables convirtieron casi en un asunto de Estado.

Lucía se marchó y Alba no perdió un segundo: enseguida me preguntó qué había averiguado, de qué habíamos hablado y qué opinaba. No mentí ni oculté nada, convencido casi por completo de la inocencia de la actriz. Del mismo modo, le expliqué el asunto de la cojera que había visto en pantalla, que era lo que había motivado mi interés por tratar de sonsacarle. Ella notó enseguida que me sentía frustrado por aquella pista falsa.

—Ay, gallinita ciega, ¿qué se te ha perdido? —canturreaba con una burlona dulzura. Su entonación era tan infantil que era imposible no dejarse cautivar.

—Una aguja, un dedal y un sospechoso de asesinato —contesté fingiendo sequedad. En realidad, ya me había sacado una sonrisa.

Cenamos y tratamos de desconectar un poco del caso. Hacía tiempo que no hablábamos de nosotros, de nuestras cosas, echaba de menos a mi amiga y no tanto a mi colaboradora profesional. Siendo la misma persona, me encantaba poder hablar con ella en su faceta de mujer con la que compartí un tiempo de intimidad antes de quedar como buenos amigos; en su faceta profesional y de investigadora, podía ser insoportable, aunque no por ello menos eficaz. Obviamente, siempre he preferido su cara amable.

Ya de vuelta en casa, me quedé pensando en lo acontecido desde la noche anterior: en la aparición de ese niño que era mi vivo retrato, en esos juegos infantiles, en la pista que intentaba desmentirme mientras se hacía el cojo… Nunca había creído mucho en esas cosas, pero mi instinto me hacía ver una conexión entre el caso y ese niño que encarnaba cada oquedad de mis adentros. De repente, una voz me sacó de esos pensamientos:

—Piensas demasiado. Tienes que jugar conmigo.

Pensando tanto, me había dormido y mi niño interior estaba esperándome a portagayola. Creí despertar por el respingo al no esperarlo, hasta que sentí de nuevo cómo me tiraba del brazo.

—Tienes que jugar conmigo. Deja de pensar, vamos a jugar.

Movido súbitamente por una especie de fuerza sin explicación, me vi corriendo detrás de aquel niño incansable. Aunque sentía que me pesaban las piernas y casi no podía moverlas, me sentía bien; era una sensación que tenía casi olvidada, pero que me reportaba un gozo indescriptible. Sí, de repente, me estaba divirtiendo. Me recreaba en el juego, daba igual si pillaba o me pillaba, por un rato largo me olvidé de Dumpivampi, de mi divorcio, del mundo entero si me apuran… Éramos solo mi niño interior y yo. Marquitos y Marcos Lacalle.

Marquitos sacó un pañuelo y me propuso jugar a la gallinita ciega. En ese momento, ya no iba a decirle que no a nada. Sin embargo, cuando ya tenía los ojos vendados, desperté. Marquitos había desaparecido. Yo me fui a la cama, aún estaba sentado en el sofá. En ese sueño debía de haber algo que me orientara como la vez anterior. Este caso iba a ser un juego de niños y no precisamente porque fuera a ser fácil, sino porque en cada juego con mi yo infantil parecía que encontraba alguna pista. Cada vez que dejaba de pensar un poco, se me ocurría algo. Ahora solo necesitaba saber qué pista se escondía tras el juego de la gallinita ciega.

Cuando me levanté, el primer impulso fue cotejar los datos que tenía de los actores, por si alguno hubiera tenido algún accidente o enfermedad que lo hubiera dejado ciego. Pensando qué relación podía tener la investigación con el juego de la noche anterior, la invidencia era la primera dirección que mi mente sugería.

Si algo creía deducir de la insistencia del niño en decirme que pensaba demasiado, es que tenía que seguir mi instinto y los impulsos de mi mente. Sin embargo, los datos que tenía no indicaban nada sobre una posible ceguera de alguno de los actores restantes. Miquel Beltrán era diabético y esa enfermedad puede inducir ceguera a la larga, pero me parecía demasiado rebuscado si el objetivo era pensar poco. Lo anoté como un dato que seguir en un momento dado, pero no tenía la sensación de que fuera algo relevante. Por otra parte, estábamos hablando de actores. Podía ser que algún personaje relevante que hubieran interpretado fuera invidente.

Si así era, me quedaba un mundo por averiguar antes de decidir el siguiente paso y la cuestión era que se estaba perdiendo mucho tiempo. El comisario Da Ponte me había llamado ya un par de veces a ver si tenía algo. La Policía no sabía tampoco por dónde seguir. Alba estaba más o menos al mismo nivel que yo en su propia investigación, además de colaborar en la mía. Me jodía enormemente admitirlo, pero estábamos en un punto muerto. Todos.

—No estés triste, ven a jugar. —Dichoso niño, ya estaba otra vez a tope. También me recordó que yo era así con su edad. A fin de cuentas, yo era ese niño. Incansable, enérgico, juguetón y alegre hasta que mi padre se marchó.

—Ahora no tengo ganas, Marquitos. Tengo trabajo y no sé cómo lo voy a hacer.

—Pero tienes que jugar conmigo. Piensas demasiado.

La cantinela del niño, mi cantinela, empezaba a ser cansina. No obstante, reconozco que yo era así: insistente hasta conseguir lo que quería o hacer que mi madre primero y mi abuela después desenfundaran esa zapatilla de la que podía correr, pero no esconderme. Nunca entendí de dónde salía esa puntería que me hacía agradecer que sus armas fueran pantuflas y no misiles del Pentágono.

Esta vez Marquitos quiso jugar al escondite. Estuvimos un rato contando, buscándonos y escondiéndonos hasta que decidió que jugar entre dos a ese juego era aburrido. Dijo que ya volvería cuando se le ocurriera otra cosa y se desvaneció. Yo sentí como si una fuerza me atrajera y tuve una sensación parecida a la que —supongo— tendría si estuviera volviendo a entrar en mi propio cuerpo. Desperté en el mismo escritorio donde me había sentido frustrado por estar en punto muerto un rato antes. Entonces, me di cuenta de que el siguiente paso lo tenía delante de mis narices.

Combinando el escondite con la gallinita ciega, me di cuenta de que estaba buscando a alguien que podría padecer de la vista o haber interpretado a un personaje ciego; también podía ser que se tratara de una persona que estuviera oculta o, al menos, apartada del foco mediático. Y María Leira cumplía ambas condiciones. Había puesto voz a un topo en una serie de dibujos animados y se había retirado un tiempo de la actuación para recuperarse de ciertas adicciones. Había que caminar en esa dirección: de todas maneras, era la única que teníamos.

Al rincón

Volví a llamar a Alba y le pregunté por la actriz. Me dio una dirección: no era la de Leira, sino de la productora de aquella serie en que dio voz al Topo Cachopo. Me sonaba de algo, probablemente de cuando mis sobrinos eran más pequeños. Me gustaba el concepto, una serie con personajes de distintos lugares y regiones y que aunaba en ellos tanto rasgos comunes de los habitantes del país como otros más propios del territorio al que representaba cada uno. El Topo Cachopo era un simpático roedor asturiano que solo se privaba de la sidra por ser una serie para niños.

Me dirigí hacia las oficinas de la productora y, tras muchas preguntas, me hablaron de la actriz que estaba buscando. Al principio eran un poco reacios a darme algo de información, hasta que casualmente me encontré con un actor de doblaje que pasaba por allí. Resultó que había compartido rodajes con María Leira; de hecho, él había participado en la serie como el Loro Curro. María era muy profesional y parecía centrada, si bien en la última temporada se la veía muy acelerada y era más común que tuviera que repetir sus tomas. Parecía que la cocaína quisiera su papel protagonista. Con el final de la serie, llegó un incidente poco claro que hizo que María Leira tomara conciencia de que debía salir de su espiral: dos semanas más tarde, ingresó en el centro de rehabilitación.

No tenía claro que fuera a ser necesario hablar directamente con ella. A tenor de las circunstancias era difícil que ella hubiera podido colarse en los estudios, matar a Sara Lema y salir de ahí como si nada. Por lo que me había explicado el Loro Curro, tenían unas pautas muy estrictas y, por ello, el período de desintoxicación exigía ese tiempo sabático que la actriz se estaba tomando en esa clínica. También debía ser por eso que resultara tan difícil comunicarse con ella. Tras unas preguntas más, tenía en mi bolsillo una nota con la dirección del centro. Al día siguiente, iría a preguntar y a ver si conseguía hablar con ella. Necesitaba parar un poco, ordenar mis pensamientos… y tenía ganas de jugar un rato con Marquitos.

Llegando a casa, me preocupé de invocar a mi yo de la infancia, es decir, tenía que relajarme hasta casi dormirme. Ese ansia por el juego me hacía sentir niño de nuevo, me daba vida. Trabajaba cada día como si fuera algo automático. La experiencia también ayudaba a que eso no trajera consigo algún error. Pero me llenaba jugar con aquel niño que tanto había añorado desde que tenía su edad. Sin embargo, Marquitos parecía tardar en aparecer…

De repente, estaba en un pasillo oscuro. Se veía lo justo, como en esas tardes delante de la televisión cuando se nos olvidaba encender la luz cuando empezaba a anochecer. A veces mi madre no nos dejaba salir a jugar a la calle y tampoco hacerlo en casa, bien porque llovía, bien por estar cansada y querer tranquilidad, pero había muchas jornadas vespertinas en que solo podíamos mirar a la caja tonta. Y en esa oscuridad que no acababa de impedir la visión estaba el pasillo hacia cuyo final caminaba, buscando la claridad que parecía percibirse más adelante. Cuando llegué y mis ojos se acomodaron de nuevo a la luz, pude ver a Marquitos sentado en el rincón y mirando a la pared.

—¿Qué te pasa, Marquitos? —pregunté, extrañado por verlo ahí quieto.

—Estoy castigado —respondió con una voz tan triste que resultaba tierna. Me recordaba a cuando fingía hacer pucheros para intentar convencer a mi madre de algo.

—¿Y por qué estás castigado? —pregunté.

—Por egoísta. Yo solo pienso en jugar, mientras tú tienes que investigar a esa chica que está malita.

—Bueno, quizá tendrían que haberme preguntado antes de castigarte. Yo venía a jugar contigo —respondí de nuevo. Me fastidiaba más el castigo a Marquitos que a él mismo, que, a fin de cuentas, también era yo. Joder, qué lío—. Un momento… ¿quién te ha castigado?

—Mamá.

¿Cómo? ¿Mi madre también estaba ahí? Algo me está descuadrando. Reencontrarme con mi niño interior lo entendía, lo necesitaba, pero ¿mi madre? Ya tuve para empacharme cuando vivía. Al final iba a ser verdad aquello que solía decir de que no me iba a soltar del todo ni después de muerta.

—Sí, mamá está aquí. No cuando tú estás, pero no se ha ido, no del todo. —Eso, encima me estaba leyendo la mente. ¿Quedaba alguna sorpresa más? Además, la voz de Marquitos en estas últimas palabras había sonado solemne, perdiendo esa esencia infantil que solía destilar.

Solo entonces lo entendí: mi madre, como mis abuelos seguramente, estarían vigilando que no me despistase demasiado del trabajo en mi empeño por volver a ser niño mientras estuviera con Marquitos. Siempre les obsesionó que me convirtiera en un hombre de provecho desde que mi padre se marchó. Incluso, cuando volví a tener contacto con él, estaban pendientes, pese a que ya superaba la veintena. Estuvieron encima de mí el resto de sus vidas, pese a que había superado las expectativas que tenían puestas en mí. No solo no me habían dejado ser niño desde la marcha de papá, sino que tampoco me estaban dejando ser adulto, a pesar de retomar el contacto con mi padre.

Convencí a Marquitos para jugar y dejar atrás ese infame rincón de pensar. Era un castigo habitual de mi madre cuando no tendía a dar bofetones o lanzar su letal zapatilla. Siempre pensé, probablemente por esa crianza que tuve, que un castigo debe ser algo que enseñe a mejorar la conducta, no a tener miedo a obrar mal. La coerción provocando el temor a las consecuencias es inútil, el niño acaba haciendo callo y ya no hay esa dicotomía entre el bien y el mal, sino la cuestión sobre si compensa o no recibir el castigo por tal o cual acto o, incluso, el buscar la manera de no ser descubiertos en la travesura o pillería en cuestión. Cierto es que la utilidad de unos y otros castigos era una discusión recurrente con mi hermana, que tenía a mis sobrinos tiesos como mástiles de vela; no es menos cierto, sin embargo, que nunca consideré que mi hermana tuviera precisamente una gran habilidad pedagógica.

Marquitos, no obstante, parecía tenso. No le pregunté, lo entendí. Conocía ese miedo a que mi madre descubriera que me había levantado de aquel minúsculo taburete y había abandonado ese rincón sin su permiso. A veces era como, años más tarde, cuando hice la mili y había que presentarse al superior para salir del arresto y agradecer la corrección. Siempre había un componente de dolor o humillación en las técnicas docentes de mi madre. Tampoco era raro conociendo a su referente educativo, mi abuelo, pero él tenía justificación en la época que le tocó vivir. Mi madre, más bien, era producto del seguidismo y la incapacidad de cuestionarse esos métodos; esos dos factores y el trastorno que padecía la convertían en un anacronismo educativo.

Jugamos un poco, pero Marquitos no terminaba de soltarse, no acababa de ser niño y era una punzante ironía que yo pudiera darme cuenta cuando era yo quien necesitaba sanar esa parte de mi infancia que no me dejaron vivir. Así que lo acompañé de vuelta al rincón, sintiendo cómo iba cabizbajo en sumiso ademán, pero sin dejar de agarrarse a mi mano. Y ahí estábamos, juntos en aquel rincón, padeciendo un castigo inútil y excesivo para cualquiera que fuera la travesura que hubiera enfadado a mi madre. No, ella no era un monstruo, al menos no quería serlo; hacía tiempo que había entendido que solo hacía las cosas lo mejor que sabía, aunque ni por asomo pudiera decirse que las hubiera hecho bien.

Las lágrimas me despertaron y la imagen de María Leira asaltó mi mente. ¿Qué tenía que ver ella con el momento triste que acababa de vivir? ¿Qué tenía que ver Marquitos en su rincón de pensar con el calvario de las drogas que había vivido la actriz? Si algo tenía claro es que investigar este caso no era solo averiguar quién mató a Dumpivampi. Había mucho de mí que también habría de resolver.

El patio de mi casa

A la mañana siguiente salí temprano. El centro de desintoxicación estaba un poco lejos y quería poder hacer la visita a Leira sin perder la oportunidad de hacer otras pesquisas ni la de jugar con Marquitos un rato. A pesar del mal rato del día anterior, lo cierto es que esos juegos me sentaban bien, me daban vidilla y me hacían sentir más en paz con mi infancia. La aparición de mi yo niño me estaba sanando como llevaba deseando desde que abandoné la tierna edad. Había visualizado de nuevo el vídeo de las cámaras de seguridad, buscando algún detalle que me sirviera de atajo en la búsqueda de quien apretó el gatillo, pero seguía en el mismo punto. Algo tendría que haber, aunque no lo encontraba. Nada que pudiera darme una pista.

Al salir, di una suave patada al balón que tenía desde hacía unas semanas, cuando se coló en mi ventana. Los niños que habían estado jugando con él casi se habían volatilizado cuando me asomé: quería devolverles el esférico, pero no sé qué fama me habrían dado los vecinos de mi calle que, al ver mi sombra acercarse a la ventana, habían salido corriendo despavoridos. Fuera como fuera, ahí tenía el balón, esperando a que alguien viniera a reclamarlo; si nadie venía por él, pues… quien lo encuentra se lo queda. Ojalá pudiéramos jugar con él Marquitos y yo.

Una hora llevaba conduciendo y aún me faltaba otra media para llegar a la clínica. Estaba nervioso, no sabía muy bien qué me iba a encontrar. No sabía hasta qué punto era posible que «esa chica que está malita» pudiera tener algo que ver con este caso. Ni siquiera sabía si era conveniente preguntarle según qué cosas en su estado. No obstante, supuse que lo sabría en cuanto la tuviera delante.

Llegué a la clínica y pregunté por María Leira. Expliqué por encima la situación y me sorprendió que no pusieran trabas a la hora de verla. Supuse que no querían obstaculizar la investigación, pero no siendo policía ni nada de eso era habitual que pudieran mostrar alguna reticencia. Sin embargo, me condujeron a una sala de estar donde por fin pude verla.

Me sentí abrumado por la dulzura de sus ojos. Ese día fui consciente de que no importa la experiencia como investigador o que hayas visto de todo, aun así es fácil caer en el vicio del prejuicio. Ella tenía problemas con las drogas y por eso estaba allí, pero eso no tenía por qué implicar que fuera una mala persona o alguien con tendencia a los excesos. Su presencia era calmada, sus ojos me envolvían en un cálido abrazo y su voz era como una manta en pleno invierno: reconfortante y placentera. Si no hubiera sido por las cicatrices que aún tenía en el corazón, creo que me habría enamorado de ella a primera vista.

—Marcos Lacalle, suponía que tarde o temprano vendría por aquí. —La primera en la frente, esa sí que no me la esperaba. Ella, por lo visto, sí.

—María Leira, suponía que me estaría usted esperando —le devolví, disimulando que me había descolocado. En eso soy especialista.

—Me temo que no puedo aportar mucho sobre el asesinato de Sara. Ya ve, llevo meses metida aquí.

—Lo sé, no la acuso de nada. Solo necesito información. No coincidieron solo en el *casting* de Dumpivampi y quizá pudiera saber algo que nos diera alguna pista.

—¿Y me cree usted sin más pese a que soy solo una actriz drogadicta? O toxicómana, como se dice ahora... —El sarcasmo de su voz denotaba más el hartazgo de llevar esa etiqueta para todo el mundo que un intento de tomarme el pelo. Sin embargo, esa calma y ternura que inspiraba se tornaba un tanto siniestra cuando sacaba su afilada ironía.

—He conocido buena gente con problemas de drogas y, además, usted está haciendo por salir de ellos. ¿Por qué debería eso quitarle credibilidad? Todos tenemos nuestras cruces. Todo lo demás son prejuicios. —De hecho, yo los había tenido hasta unos instantes antes de verla y me sentí como un cínico, un sucio hipócrita tras decirle esto último.

—Gracias, señor Lacalle. Debo reconocer que me alivia oírle decir eso.

Estuvimos conversando un rato, hablando de aquella exitosa serie en la que participó y el *casting* para interpretar al elefantito. Sin embargo, cuando hablamos del otro *casting* donde coincidió con Sara Lema, su voz temblaba. No sabía si la emoción provenía de los recuerdos con la actriz fallecida o si hubo algo en ese *casting* que la inquietó.

—... Sara no fue elegida, pero fui realmente consciente de su talento —recordaba María—. Sabía que triunfaría en un programa para niños, era tan dulce que daban ganas de pellizcarle los mofletes. Además, tenía la voz perfecta para hacer de personaje de dibujos o de… Dumpivampi —remachó mientras bajaba la cabeza.

—Veo que se emociona usted, María. ¿Necesita que cambiemos de tema? ¿Le traigo un café o un vaso de agua? —Por alguna razón, ver emocionarse a alguien me toca demasiado adentro y eso que por mi trabajo debería estar acostumbrado.

—No, Marcos. —Era la primera vez que me llamaba por mi nombre y sin usar el apellido—. Es solo que… no sé cómo alguien pudo odiarla tanto como para matarla. Es cierto que el éxito del programa podría despertar muchas envidias, pero ella era muy querida en la profesión. Era buena compañera, amable y esa dulzura suya cautivaba a todo el mundo. No tenía enemigos.

—Comprendo. Pero, entonces, ¿no se le ocurre nadie que hubiera podido cometer este crimen? Alguien entró en el estudio, pasó los arcos de seguridad, no tuvo problemas en los controles y disparó a Sara en pleno programa. ¿Cómo se puede conseguir eso sin ser de la profesión o conocido en la cadena?

—No tengo ni la más remota idea.

Lo que era, por un lado, previsible me golpeó en la cara con su contundencia. No teníamos absolutamente nada y cada día que pasaba sería más difícil sacar algo en claro. Según pasaba el tiempo, era más fácil que pudiera desaparecer alguna prueba que hubiera pasado inadvertida o que no hubiera sido considerada como tal. La premura por retomar el programa tampoco nos había ayudado, aunque era comprensible por el éxito del programa y la necesidad de aparentar que no hubiera pasado nada. Hasta los medios, al dar noticias del caso, mencionaban el asesinato de la actriz, pero no el personaje que interpretaba: hacerlo habría quitado credibilidad al programa y acrecentado el trauma para los millones de niños que lo habían visto en directo.

Me despedí de María, quedando en ir a visitarla cuando pudiera. Me gustaba la sensación que transmitía. No es la primera vez que acabo trabando amistad con las personas a las que he interrogado alguna vez. Incluso hubo un tiempo en que anduve enamorado de una mujer a la que mi investigación ayudó a condenar. En las cosas del sentir no se manda. Me recordó a una canción de Albert Plá, *La dejo o no la dejo,* que fue muy polémica para quien no supo ver la disyuntiva que encerraba.

Una hora más tarde, llegué a casa. Tenía sensaciones encontradas, de empatía hacia María Leira y de frustración por verme dando palos de ciego sin un rumbo claro. No tardaría en llegar justo lo que necesitaba…

—¿Jugamos al patio de mi casa?

La tierna voz de Marquitos, esa que hace tiempo se volvió grave por la edad y el tabaco, endulzaba mis oídos y aliviaba mi cabeza embarullada con el dichoso caso. Tomé mis manos de niño con mis manos de adulto y comenzamos a girar cantando. «El patio de mi casa es particular…». Sin embargo, nos cansamos pronto; ser solo dos hacía que no fuera muy divertido. Me gustaba, pero me faltaba algo.

—Creo que este patio es demasiado pequeño, Marquitos.

—Y aun siendo tan pequeño, no encuentras lo que estás buscando.

Me descolocaron sus palabras y el tono grave que habían adoptado. No parecía ese niño que llevaba años queriendo encontrar y que me estaba sanando heridas que tenían décadas ya.

—Venga, dejemos eso, quiero jugar. Veoveo… —insistí en seguir jugando.

—No ves —respondió Marquitos, tajante—. Tengo que irme, ya viene.

—¿Quién viene? ¿Es mamá? —pregunté. A Marquitos le había cambiado la cara y tenía una expresión de auténtico pavor. El mismo que yo sentía cuando mi madre estaba enfadada y se acercaba zapatilla en mano.

Marquitos salió corriendo y se desvaneció a los pocos metros. Yo miraba, buscando la presencia que lo había ahuyentado, pero no podía ver a mi madre. En parte, mi memoria había bloqueado sus recuerdos en esa época en que era temible por su trastorno y la ligereza de sus manos. Preferí quedarme con esa imagen de ella ya viejecita, calmada por la edad y los tratamientos, de trato más fácil y carácter afable. Sabía que no podía reprocharle nada. Ella no había elegido estar enferma y, menos aún, su trastorno psiquiátrico. Era una víctima como yo.

Tomé un sándwich mientras daba vueltas a las palabras de mi pequeño avatar: no encontraba lo que estaba buscando en un patio tan pequeño. No entendía nada de nada. Tras darle mil vueltas al asunto y no encontrar nada que me diera un norte, decidí visitar a mi hermana. Quizá me viniera bien estar con la familia y ver a mis sobrinos.

Veoveo

Llegué a la casa pasadas las seis de la tarde. Los niños estaban viendo el programa de Dumpivampi y despachando sus sándwiches de crema de cacao. El vaso de leche caliente humeaba, pues ya empezaba a refrescar por las tardes, y mi hermana y yo acompañamos los cafés con unas magdalenas rellenas que me habían llamado la atención cuando paré en la pastelería de la esquina.

—¿Cómo llevas el caso? —quiso saber mi hermana. Era raro que me preguntara por trabajo, aunque también supuse que sería por hablar de algo y por los niños. Ellos seguían viendo el programa, pero habían notado el cambio de la actriz. Eso y el jaleo que vieron cuando se lio la gorda en el plató y en pleno directo les había hecho sumar dos y dos. Los niños son niños, no tontos.

—Más perdido que una pulga en el culo de un sambernardo, hermana. —Vaya, lo dije sin pensar. Con los niños delante y todo. Menos mal que no estaban prestando atención, que como a alguno le viniera la frase a la cabeza y la repitiera, sabía que iba a tener toda la provincia para correr. Mi hermana había heredado las manos ligeras y la puntería zapatillesca de mi difunta madre; de hecho, en ese momento me miraba con una expresión adusta y furibunda que fundiría el mismísimo martillo de Thor.

—Lo siento, hermana, lo he dicho sin pensar —intenté disculparme—. Estoy frustrado, quien quiera que lo hiciera sabía qué hacer para no dejarse cabos sueltos. Ni una pista, nada que poder seguir…

—Aun así, ten cuidado con lo que dices delante de los niños —me interrumpió ella en voz baja, aunque no por ello menos intimidante. En ese momento, estaba viendo el vivo retrato de mi madre, con la sensación inquietante que eso conllevaba.

Siempre había sido muy estricta con la educación de mis sobrinos, tanto como mi madre había tratado de serlo con la nuestra. A veces pensaba que mi hermana no entendía que mi madre tenía un trastorno y la crianza de nuestro abuelo, hombre rudo como su tiempo le obligó a ser. Bastante era que no teníamos cicatrices ni otros recuerdos traumáticos de su forma de corregir las trastadas que hacíamos. Además, tenía un parecido físico con ella que daba miedo cuando se enfadaba. Pero su carácter era algo más suave mientras no viera comprometida su idea de educación para los niños.

—Venga, Marcos, tienes que entender. No pueden aprender esas expresiones e ir repitiéndolas por ahí. Suerte ha sido que están embobados con el dichoso Dumpivampi —intentó suavizar mi hermana.

Me llamó la atención su manera de referirse al personaje favorito de sus hijos, como si le diera un asco infinito. Suponía que era por puro hastío. Cuando éramos pequeños, no le gustaban demasiado los juegos, programas ni canciones infantiles. Ella era la empollona de la familia y tenía un sentido demasiado práctico de la vida. De hecho, ella era el rasero por el que me medían a mí a la hora de meterme presión para que aprendiera mucho y ascenderme a hombre. Muchas veces me daba rabia que fuera tan estudiosa, tan perfecta en todo lo que mi madre y mis abuelos tomaban como referencia para exigirme más. En parte por su excelencia académica y de comportamiento, me privaron de ser niño para tratar de convertirme en sustituto de mi padre.

Los niños habían acabado de merendar cuando un apagón interrumpió su tarde con el lindo elefantito de la tele.

—Mamá, nos estamos aburriendo —protestaba Daniel. Jaime no decía nada. Era el más pícaro de los dos, siempre dejaba exponerse a su hermano por si acaso su madre se enfadaba. A veces, hacía travesuras de tal manera que se las apañaba para hacer parecer culpable a su hermano. Se podía decir sin reservas que las mataba callando.

—Pues poneos con los deberes —contestó mi hermana con sequedad. Cuando se ponía así, me daban ganas de chincharla con cualquier cosa como cuando éramos pequeños; sin embargo, aun no teniendo hijos, era consciente de que no era buena idea desautorizarla delante de los niños. No por ella, sino por mis sobrinos.

—Pero los deberes ya los tengo hechos y son aburridos. Y Jaime no tiene deberes para hoy.

Mi hermana mantenía su expresión áspera, aunque no tenía nada más que decir. Sabía que los niños eran aplicados y solían hacer los deberes para tener la tarde libre o tener menos que hacer cuando acabara su programa favorito.

—¿Qué os parece si jugamos al veoveo? —propuse, otra vez sin pensar—. Así podremos divertirnos hasta que vuelva la luz. Veoveo…

—¿Qué ves? —siguió el juego mi hermana con resignación.

—Una cosita…

—¿Y qué cosita es?

—Empieza… —miré a todas partes, porque cierto era que con el ansia de jugar con los niños no había mirado una cosita con la que abrir el juego— con la erre.

—Reloj —acertó mi hermana, al verme mirar hacia la pared.

—Ahora tú, Daniel —dije.

Pasamos así una media hora hasta que la luz volvió y los niños volvieron a enmudecer mientras Dumpivampi presentaba la serie de dibujos que venía a continuación. Mi hermana seguía con cara de pocos amigos.

—Hermana, ¿qué te pasa? Te encantaba Teresa Rabal cuando éramos pequeños.

—Pero ahora paso de los cuarenta años. No crecerás nunca, Marcos Lacalle. Ya dejamos de ser niños para estar perdiendo el tiempo.

A veces no podía ser más repelente, pero no dejaba de ser mi hermana, la única familia que tenía tras morir mis padres. Ella y mis sobrinos eran lo único que me vinculaba al mundo, toda vez que siempre odié la soledad; pero aquí estaba, a mis cuarenta y cinco años, divorciado y con la única compañía de mi hermana y mis sobrinos.

Como de costumbre, me fui a casa al acabar el programa. A pesar de que esa actitud era habitual en mi hermana, haberla sacado de forma tan brusca delante de los niños me chirriaba. Tampoco era habitual que me preguntara cómo llevaba un caso. Si no fuera porque no le gustaba la violencia, habría pensado que ella misma hubiera matado a Dumpivampi. Pero era absurdo. Ella no habría sido nunca tan hábil como para superar todos los controles del edificio portando un arma y, mucho menos, sería capaz de disparar y marcharse tranquilamente tras haber matado a una persona.

Cuando llegué a casa, cené algo y me fui a la cama. Había sido un día de lo más agotador. La entrevista con María Leira y la visita a mis sobrinos con mi hermana, convertida de nuevo en el clon de mi madre, me habían dejado el cuerpo un poco pesado y la mente centrifugando. Marquitos tampoco apareció. Solo al cerrar los ojos, su voz resonó dentro de mi cabeza.

—Veoveo… ¡NO VES!

En un primer momento, el respingo me hizo aplazar el instante de quedarme dormido; sin embargo, fue una breve demora. No tardé en caer rendido.

El corro de la patata

Llamé a Alba por la mañana y le conté las últimas pesquisas y sus resultados. Vamos, que le dije que María Leira me cayó bien, pero que seguro que no sabía nada. También le conté la visita a mi hermana y a los niños. No es que fuera relevante para el caso, pero ella era mi amiga y necesitaba desahogarme. Lo cierto es que la actitud de mi hermana me removió recuerdos muy desagradables de mi niñez.

—Por aquí tampoco hay mucha novedad. Da Ponte vino por aquí, pero más a preguntar que a otra cosa. Estamos todos dando palos de ciego.

—Yo voy a ver si logro averiguar algo hablando con Rosa Foncubierta. Ella y Miquel Beltrán son los que me quedan por investigar de aquel *casting*. Pero a Beltrán se lo ha tragado la tierra, no consigo localizarlo.

—Todo es muy raro, no hay pistas, no hay nada…

—Puede que se nos escape algo. Intenta conseguir la lista de las personas que acudieron ese día al programa y cotéjala con las de otros días.

—OK, Marcos, lo haré. Un beso. *Ciaooo* —se despidió mi amiga.

Me sentía frustrado, los días pasaban y no sabíamos por dónde empezar. Sí, seguíamos alguna hipótesis a falta de pistas, pero todas se estrellaban contra el muro de algún callejón sin salida. O se nos había escapado algo a todos, o el asesino de Dumpivampi había cometido el crimen perfecto. Desde luego, tenía mucho mérito que, matando a alguien en un sitio con tantas cámaras como un plató de televisión, no tuviéramos una imagen, una triste pista. Nada se le escapó, no tuvo un solo despiste. Eso, o los demás estábamos teniendo todos los del mundo.

En plena pataleta, Marquitos acudió en mi rescate. Apareció con su carita sonriente, con su infantil ansia de juego, con su cuerpo menudo dando como pequeños saltitos al caminar.

—Tienes que jugar conmigo.

Acepté encantado. En el fondo, tenía las mismas ansias que él de evadirme y jugar. Ese pequeñajo, que tenía impresos mis rasgos cuando tenía su edad y que salía de mi propio interior, era mi salvación y la cura de mis males. Me sentía mejor en general, hasta que pensaba en ese caso que traía de vuelta a mi yo adulto y que me recordaba que estaba ante un reto que se antojaba imposible de superar.

Extendí mis manos, esperando que las cogiera; él lo hizo, tirando de mí y empezando a canturrear.

—Al corro de la patata, comeremos ensalada… —cantaba mientras mi voz se unía a la suya como si un resorte ajeno a mi propia voluntad hubiera saltado, o como si mi voluntad inconsciente hubiera actuado sin darme tiempo siquiera a pensar en lo que hacía.

—Achupé, achupé, sentadito me quedé —coreamos los dos juntos.

—Ahora, el patio de mi casa —dijo Marquitos con entusiasmo. Pese a que compartía esa alegría, me daba cuenta de que estaba jugando solo. Éramos dos, pero los dos éramos yo mismo.

Además, éramos solo dos dando vueltas y faltaba al menos una persona más para hacerlo más divertido.

—Si hubiera alguien más… —dije sin dejar de jugar con él.

—… resolverías el caso —sentenció el pequeño.

En ese momento dejé de sentir el tacto de sus manos y me vi solo dando vueltas como un tonto en el salón. Llamé a Da Ponte y concerté una reunión. Marquitos me había dado la clave: cada uno había seguido su propia línea de investigación. Da Ponte y sus hombres por un lado, Alba colaborando conmigo y haciendo sus propias pesquisas y yo tratando de llegar a las respuestas que buscaba a través de Alba y mis investigaciones. Y si no uníamos nuestros caminos y compartíamos la poca información que tuviéramos, seríamos tres personas aburridas, dando vueltas solas en el salón, en vez de tres amigos divirtiéndose juntos con el corro de la patata o el patio de mi casa.

Avisé también a Alba, a quien Da Ponte no le hacía demasiada gracia, pero que se convenció por mi mezcla de entusiasmo y desesperación. Por un lado, sabía que no tenía otra opción; por el otro, las palabras de Marquitos dando por hecho que con más gente resolvería el caso, me habían dado un nuevo impulso. A las cinco de la tarde, los tres estábamos en una habitación del Whispers, un motel donde normalmente iban personas casadas a echar una cana al aire. Se alquilaba por horas, te atendían por un torno y las habitaciones estaban insonorizadas. Además, no hacía falta reserva, era difícil que se llenara. Sin duda, la opción más discreta y la más útil, sabiendo que en cualquier lugar podrían escucharnos los oídos equivocados.

Cuando hube explicado mis conclusiones, que más descartaban a unas personas que apuntar a otras, Alba Lamas nos dio sus datos. Tenía los registros de todas las personas que habían acudido como público y trabajado en el programa en los últimos días.

—¿Y a dónde nos lleva esto? —preguntó Da Ponte.

—Aún no lo sabemos —respondió Alba—. Marcos me pidió la lista de asistentes como público, pero decidí añadir los trabajadores: operadores de cámara, encargados del atrezo… Ya sabéis. Alguien que pasara controles más livianos. Es lo único que se nos ocurre.

—Parece que forman ustedes un buen equipo —dijo Da Ponte, cuya entonación denotaba un amplio repertorio de segundas intenciones. Supuse que conjeturaba sobre nuestra relación personal, además de insinuar que le ocultábamos algo más.

—A ver si aquí aparece algo que nos dé un norte. A mí solo me quedan Rosa Foncubierta y Miquel Beltrán —dije para tratar de centrar la atención en el caso y no en las elucubraciones del comisario.

—Con Foncubierta no se moleste. Falleció unos meses antes del asesinato de Dumpivampi… Digo, de Sara Lema —respondió Da Ponte con sequedad—. Un trágico accidente en una carretera secundaria. Colisión frontal. Falleció ella junto con el otro conductor, que fue el causante del accidente: iba borracho como una cuba y adelantando en una curva con poca visibilidad.

La sequedad del comisario se había diluido conforme había avanzado su discurso. Era raro ver a Da Ponte mostrando algún tipo de emoción. No sé cómo ni por dónde, pero vinieron a mi mente sus palabras cuando nos encontramos en el plató el día del crimen: «Créame, no del todo, señor Lacalle». Acababa de decirle que entendía, después de que él me explicara la meticulosidad y limpieza con la que había actuado el asesino. Mi instinto subrayó esas palabras en ese momento en que volvieron a mi memoria tras oír la voz quebrada del comisario. Mi pie izquierdo tocó el pie derecho de Alba por debajo de la mesa. Crucé los brazos y levanté un poco la mano izquierda, tocando levemente mi mejilla con el dedo índice. Ella conocía ese gesto. Era una de nuestras señas cuando salíamos y queríamos decirnos algo después, cuando hubiera menos gente. Me devolvió el puntapié para decirme que se daba por enterada.

El comisario se marchó cuando hubimos intercambiado las últimas impresiones. En resumen, estábamos jodidos, pero un poco menos. A mí se me había descartado una sospechosa de golpe, quedando solo Beltrán. Alba había ampliado inteligentemente la búsqueda que yo le había propuesto. Y Da Ponte… Ay, Da Ponte. Había dicho más con lo que callaba que con lo que decía. Esa voz quebrada hablando de Rosa Foncubierta debía tener algún significado.

—Me extrañó que hablara de Dumpivampi en lugar de ceñirse a la actriz, a Sara Lema. Pero esa voz rompiéndose al mencionar a Rosa…

—Supuse que iba por ahí la cosa cuando me hiciste las señas —replicó Alba.

—¿Implicación personal? —dije, manteniendo la compostura.

—Sí, puede ser, Marcos. Yo también creo que estaban liados.

—Pues por eso mismo creo que Da Ponte no está dando una a derechas.

—A ti también te está afectando… —Mierda, lo sabía, este momento tenía que llegar. Ella podía verme por dentro, me conocía bastante bien y tenía una intuición fuera de lo común.

En ese momento, le conté todo aquello que no le había contado a nadie: la huella que dejó el abandono de mi padre, la prisa que había en casa por hacerme hombre, la infancia truncada y ese lastre permanente que todo junto dejó en mí. Por supuesto, le hablé de Marquitos, de nuestros juegos, de esa curación del alma que estaba experimentando jugando al veoveo, a la gallinita ciega… y cómo cada juego había tenido alguna conexión con el caso.

—Ahora todo encaja... Marquitos —dijo ella, sonriente. Yo había sido para ella ese caso sin resolver y ese reportaje que no terminaba de salir.

Ni siquiera me molestó que usara el diminutivo, que era algo que nadie osaba conmigo desde que era adolescente. Cierto es que me gustó. Su sonrisa y su mirada tierna me recordaron otros tiempos. Y es que ella despertaba todavía en mí viejas emociones. Ahora la ternura había pasado a ser una de ellas.

Nos besamos como no lo hacíamos desde que decidimos dejar nuestra relación y seguir siendo amigos. Ella había acercado su cara a la mía mientras yo hacía lo mismo en sentido contrario. Al poner sobre el tablero esa última pieza de mi puzle, parecía que la barrera entre nosotros había caído. Antes, ella siempre pensaba que había algo de mí que no lograba descifrar, que yo no era capaz de contarle: era esa una grieta entre nosotros que se fue agrandando, junto con las interrogantes no resueltas, hasta convertirse en un socavón insalvable de desconfianza. Ahora ella entendía mi carácter, a veces adusto, y mi repulsión hacia todo lo que oliera a infancia y hogar, exceptuando a mis sobrinos: era como el zorro de la fábula, que renegaba de su deseo por las uvas porque no lograba alcanzarlas.

Aquel beso sabía a muro cayendo, a distancia que se acorta, a un pasado que creíamos difunto renaciendo de cenizas donde algún rescoldo resistió. Habíamos disfrazado de amistad un amor que creímos fracasado, colaborando en los casos con su audacia y mi pericia para seguir juntos a nuestra manera. Habíamos adaptado nuestros sentimientos a lo que creíamos una realidad en lugar de hacer lo que habría sido una solución: justo aquello que acababa de ocurrir, comunicarnos sin tapujos, justo como lo hacen los niños. Quién iba a decir que iba a dar tanto de sí haber jugado con Marquitos al corro de la patata.

¿Quién es quién?

Al final de ese beso, repetí la seña que había usado en presencia de Da Ponte. Fue mi manera de decirle que dejáramos esa conversación pendiente. Sí, teníamos que hablar después de aquella ansiada conjunción de nuestros labios. Pero aún teníamos un asesino que encontrar.

Lo primero era confirmar ese noviazgo que sospechábamos entre la fallecida Rosa Foncubierta y el comisario. No sabíamos si eso nos daría alguna pista para el caso, más allá de tener un sospechoso menos, pero al menos daría sentido a aquellas palabras de Da Ponte —ese «no del todo» que malinterpreté—. Por otra parte, yo buscaría a Miquel Beltrán; era el único del que no teníamos paradero y del que no se tenían noticias prácticamente desde aquel *casting* donde Sara Lema fue la elegida.

Alba se encargaría de confirmar el romance de Da Ponte con la actriz. Aunque nunca se emitió noticia alguna sobre ello, lo cierto es que alguna información debía de haber en el mundillo de la prensa rosa. Lo raro es que de su fallecimiento tampoco hubo ninguna noticia: eso era lo que nos descolocaba un poco. En cuanto a Beltrán, lo primero que se me ocurrió fue acudir a la agencia que llevó acabo las audiciones para Dumpivampi. Quizá ahí pudiera encontrar un punto de partida para buscarlo sin dar más palos de ciego. Ya llevábamos demasiados en esta investigación.

Un nuevo beso fue mi despedida de Alba, esta vez buscándolo yo. Sí, es cierto que quise dejar esa conversación pendiente, pero me dejé llevar. Quizá mi aprendizaje con Marquitos no se limitara solo a los juegos, sino a hacer de vez en cuando las cosas sin pensar. Qué fácil sería todo si de vez en cuando nuestro niño interior tomase las riendas… Ella fue esta vez quien hizo la seña que antes usé yo para aplazar esa conversación, aunque de forma burlona. Estaba claro que teníamos algo que retomar cuando el misterio se resolviera, aunque nos faltaba decírnoslo. Puede parecer absurdo posponer algo tan claro como parecía lo nuestro en aquel momento, pero creímos mejor no distraernos en ello y acabar con el caso de una buena vez.

Faltaba poco para el atardecer cuando salimos del Whispers. Alba se fue a casa, mientras yo arrancaba el coche. Fui alargando la ruta, hablando conmigo mismo mientras conducía y tratando de ubicar de nuevo todas las piezas. A pesar de haber pactado líneas de actuación con Alba, sentía que algo se me podía estar escapando. Tampoco era extraño tener esa sensación por más que nuestros pasos se pudieran estar encaminando al final de una nueva investigación.

Lucía del Sol no parecía tener nada que ver con el asunto, más allá de resultar dolida por el óbito de su otrora compañera de piso; María Leira no podía haber sido, estaba internada desde meses antes del crimen; Rosa Foncubierta, fallecida. Solo faltaba Miquel Beltrán de entre aquellos que hicieron el dichoso *casting*. Parecía que solo me quedaba la carta del actor mallorquín, lo cual no me daba seguridad alguna: podía ser el culpable de matar a Dumpivampi o podía no tener nada que ver y devolvernos a un punto de partida que significaría tener que darnos por vencidos. Cara o cruz, pares o nones…

—Parece que estuvieras jugando al *Quién es Quién*. — Marquitos apareció en el asiento del copiloto.

—La madre que te parió, vaya susto me has dado —respondí con el corazón a punto de salirme por la boca.

—Te tengo que ayudar —dijo él. La ternura de su voz infantil y el tono aún más aniñado me abrían el corazón.

—No se me ocurre otro juego del que sacar pistas o ideas —aseguré, encogiéndome de hombros.

—Te espero en casa —respondió Marquitos antes de desvanecerse.

Casi empotro el morro del coche con la furgoneta de delante, era hipnótico verlo desaparecer. Sin embargo, la suerte quiso que desapareciera con el tiempo justo para darme cuenta y frenar, al tiempo que el semáforo se ponía en verde y la furgoneta se puso de nuevo en marcha. Por los pelos…

Aparqué el coche a un par de manzanas de mi casa y di el paseo de rigor. La puesta de sol casi estaba terminando cuando llegué al paseo donde solía contemplarla. Me pregunté muchas veces cómo sería verla desde alta mar, tomando un café humeante y fumando un cigarrillo contemplando la bella imagen en el horizonte. Aún hoy pienso que debería haberme hecho marino. Paseé lentamente hacia casa, dejándome refrescar los adentros por la brisa que llenaba mis pulmones.

Entré a casa y una tortilla francesa con taquitos de jamón fue mi cena. Me habría ido a la cama, pero me quedé esperando a Marquitos. Mientras, escribí un mensaje a Alba.

«Estoy deseando acabar con el caso y que podamos hablar. Me ha encantado besarte».

Dejé el móvil sobre la mesita baja que tenía delante del sofá y me quedé mirando a la nada, recordando ese beso de hacía poco más de una hora, que había ansiado pese a haber dado por concluida la relación y por imposible reanudarla. Y pensaba que este reencuentro con la infancia en la persona —por decirlo así— de Marquitos me estaba trayendo algo más que un mejor ánimo y pistas para resolver el caso.

Debí dormirme en el sofá entre aquellos pensamientos. Sentía el cuerpo pesado e inerte cuando Marquitos apareció. Había sacado su juego del *Quién es Quién,* pero en sus solapas no aparecían los típicos personajes del anuncio de la tele. Más bien eran imágenes, como fotos de carné, de los sospechosos del caso.

—Amiga —dijo, abatiendo la ficha de Lucía del Sol.

—Entonces estás seguro de que no miente, ¿verdad? —pregunté, aunque él parecía no oírme.

—Internada, está malita —descartó a María Leira. Observaba al pequeñín mientras veía cómo su rostro parecía estar metido en el juego, aunque estaba siguiendo los pasos de la investigación—. En el cielo —dijo con infantil ternura mientras abatía la ficha de Rosa Foncubierta.

—¡Espera! —exclamé, sobresaltado, al ver cómo quedaba el juego—. Si me queda un sospechoso, ¿por qué tienes tres fichas levantadas?

No me gustan las sorpresas

Marquitos me miraba en silencio. Mi cara de perplejidad le resultaba divertida, según tenía una sonrisa entre triunfante y burlona. Marquitos parecía superar a Marcos, mi yo niño no podía creer que su yo adulto no terminara de adivinar quiénes eran los otros dos. Más estupefacto me quedé cuando giró su tablero. Arriba, a la izquierda, estaba la imagen de Miquel Beltrán, con la que ya contaba y la que menos sorprendía; no en vano era el sospechoso que quedaba de los participantes de aquel *casting*.

En la fila central, hacia la derecha, estaba la ficha que me aceleró el pecho como si hubiera corrido dos maratones: no esperaba que en esa terna pudieran estar esos ojos caídos y bonachones, esa cara ajada pese a no ser mucho mayor que yo y ese aspecto que me recordaba a un mastín: era voluminoso, entre fuerte y pasado de peso, pero parecía noble y hasta inocente. No podía imaginarme cómo podía estar entre los sospechosos de Marquitos.

Sin embargo, quedaba el mayor sobresalto. La pequeña mano de Marquitos me tapaba esa ficha, negando mi petición de que la descubriera de una vez, como queriendo hacerme entender que lo que venía sería una impresión superlativa y cuya imagen yo no querría ver. Aparté su mano a la fuerza, como cuando los niños se empujan en el patio del recreo, y encontré de nuevo esa mirada perdida y amenazante a la vez; su pelo era corto y cano, su semblante desprendía un enfado insano.

¿MAMÁ? Era imposible. Era manifiestamente imposible, estaba muerta. MUERTA.

—¿Qué es esto? No tiene sentido. —Mi voz casi ni sonaba del asombro—. Ese es el comisario. Es legal, aunque sea serio y a veces irritante; y mamá hace mucho que murió.

—Nada es lo que parece. El comisario podría ser, estaba muy enfadado porque su novia se había ido al cielo. —Era increíble que su voz siguiera sonando tan tierna para hablar de algo tan inquietante—. Y mamá sale en la ficha, pero seguro que no fue ella.

—¿Quieres decir que Susana...? —Sí, Susana es el nombre de mi hermana, y era lo más parecido a mi madre que podía haber en este mundo.

—Es sospechosa, sí —confirmó Marquitos, asintiendo mientras su labio inferior cubría al superior y ponía cara de niño listo y bueno—. Ya sabes que no le gustaba ser niña ni que nosotros lo fuéramos.

Aunque me parecía algo retorcido, algo de sentido sí que tenía. Mi hermana Susana era seca, arisca con los afectos y muy estricta con la educación de mis sobrinos. Si permitía que Daniel y Jaime vieran el programa de Dumpivampi, era solo porque así tenía dos horas para desconectar, recibir visitas sin que los niños interrumpieran o ponerse a leer mientras sus retoños permanecían inmóviles y embobados delante del televisor. Conmigo había sido así, siendo la niña repelente y estudiosa, erigiéndose como la referencia de mi madre y mis abuelos en ese empeño de convertirme a la prisa en un hombre de provecho.

Sin embargo, pese a sus tachas, era una mujer de buen corazón. No me cuadraba que hubiera llegado al punto de hacerse con un arma, colarse con ella en un plató de televisión superando todos los controles, colarse entre bastidores perfectamente embozada y disparar a alguien por la espalda. Mucho menos me parecía posible que pudiera hacerlo de forma tan metódica como para no dejar ninguna pista en el plató.

Da Ponte tampoco me resultaba creíble como sospechoso, aunque sí tenía sentido que su mente se retorciera por la muerte de su novia. Había visto en otros casos cómo personas totalmente normales y sin inclinaciones homicidas se habían convertido en seres totalmente imprevisibles ante un dolor inmenso, como puede ser perder a la persona que se ama. Fuera como fuere, ante la falta de un horizonte claro y la ausencia de estrella polar alguna, ninguna posibilidad era descartable por más absurda que pudiera parecer. De todas maneras, decidí empezar por Beltrán. Y, justo en ese momento, desperté.

Desayuné como si fuera a descargar un camión de cemento esa mañana. El sueño y las conclusiones de Marquitos me habían producido ansiedad y eso, junto a la cena ligera de aquella noche, me había dado un hambre canina. Aún con media taza de café por tomar, llamé a Alba. A ella sí podía contarle el origen de mis sospechas y conclusiones sin que pensara que había empinado el codo.

—No me digas que de niño ya eras así de listo… —dijo ella con un tierno sarcasmo—. Qué lindo.

—Bueno, algo perspicaz sí que era —repliqué con voz cansada. Todavía no había terminado de despertar.

—¿Qué vas a hacer entonces? No te imagino yendo a casa de tu hermana y diciéndole «¡tú mataste a Dumpivampi!».—Alba tenía razón. No tenía ningún fundamento para ello.

—De momento voy a seguir la línea de Beltrán. Tú intenta confirmar lo de Rosa con Da Ponte. Eso quizá nos acerque al asesino.

—¿Crees que Da Ponte...? —Alba parecía sorprendida.

—De momento es un quizá. Se le pudo ir la olla con el fallecimiento de Foncubierta. Aparte, que sepamos, es el mejor tirador de los tres... —Iba pensando según hablaba y ese detalle era para tener en cuenta—. Entre mi hermana y él, es el menos descartable.

Nos despedimos mandándonos un beso y me sentí reconfortado. Este caso me estaba sirviendo para sanar esa infancia truncada y recomponer mi relación con Alba. Por un momento y siendo un poco egoísta, pensé que lo más importante de este caso no era su resolución, dado cómo me estaba cambiando la vida. Sara Lema, desde luego, no había muerto en vano. Sin embargo, y precisamente por ello, se merecía que su asesino fuera encontrado y condenado.

Reconozco que me sentí mal por haber pensado tal cosa, puesto que parecía celebrar el trágico final de la actriz. Lo cierto es que esta investigación me había traído cosas buenas. Ahora sí sentía una niñez vivida, aunque fuera a mis años y de la mano de un niño imaginario que era yo mismo. Había aprendido también a comunicarme sin tapujos, como hacen los pequeños, cuando conté mi secreto y mis heridas a Alba. Gracias a eso, se estaban prendiendo las viejas llamas de rescoldos que queríamos ignorar, aunque no se hubieran apagado. Si en cada caso que investigaba me empujaban el afán de mantener mi prestigio y el amor propio como detective, esta vez también me empujaba la gratitud. Era imposible que Sara no eligió morir. Ni siquiera sabía que su asesinato traería estos cambios a mi vida; probablemente ni siquiera sabría quién era yo o le sonaría vagamente de la televisión y los periódicos. Pero, visto lo visto, le debía la vida.

Arranqué el coche y me dirigí a la agencia de *casting* una vez más. La cara del recepcionista era un poema cuando le pregunté por el actor. Escribió lo que parecía ser una dirección en una hoja de papel con una mano temblorosa. Parecía que le hubiera nombrado al mismísimo diablo.

—¿Está usted bien? —pregunté.

—S…, s…, sí —balbució.

—Le ha cambiado la cara cuando he nombrado a Miquel Beltrán. ¿Qué ocurre con él?

—Ve…, verá, él… es un buen actor, pero…, pero…

—¡Dígame de una vez qué pasa! —Aquel hombre me estaba sacando de quicio.

—… es un auténtico ogro. Engreído, agresivo, y eso es poco comparado a cuando bebe. Dicen las malas lenguas que suele llevar un arma, aunque eso no se lo puedo afirmar rotundamente. Pero tiene un carácter terrible.

—¿Agresivo? —pregunté con cara de póker. Al fin y al cabo, tipos así formaban parte de mi rutina.

—Lo siguiente. Arrogante, perdonavidas… No sabe la que armó en la sala de espera cuando supo que el papel se lo daban a Lema. No sé qué iba a pintar un tipo así en un programa para niños.

—Como Dumpivampi no sé, pero como asesino parece que el papel le va al pelo. Pronto lo sabremos. Muchas gracias, tenga un buen día —me despedí de aquel hombre que seguía sacudido por el pánico.

Normalmente no voy diciendo por ahí qué voy investigando, pero ya lo sabía todo el mundo. Desde el mismo momento en que asomé el hocico por el plató de televisión, las cámaras de todos los medios me habían grabado hablando con Da Ponte y buscando pistas por ahí. Que yo estuviera investigando este crimen era algo de dominio público, salvo si llevabas varias semanas encerrado en una cueva a diez metros bajo tierra. Y nunca he tenido que buscar ese dato, pero creo que los aficionados a la espeleología suponen un porcentaje muy bajo de la población.

Me dirigí a la dirección que me había dado aquel recepcionista. A pesar de haber escrito como si estuviera bailando *breakdance* mientras manejaba el bolígrafo, la letra era legible. Era la última dirección conocida del actor, así que tenía unas esperanzas moderadas de encontrarlo. Nadie sabía nada de él, no se había puesto en contacto con nadie en meses. Tampoco, supongo, iba a llamarlo nadie *motu proprio* si tenía ese carácter de míster Hyde después de declarar a Hacienda.

Una hora después, estaba aparcando justo en la puerta de la casa que correspondía a las señas que tenía. El nombre del actor aparecía en el buzón, lo cual era buena señal. Toqué el timbre dos veces, como si llamara a la puerta de algún conocido. Sabía que los comerciales suelen usar ese truco para despistar a sus visitados. Al llamar de ese modo, podían pensar que venía alguna visita conocida y a veces se evitaban las típicas ojeadas por la mirilla:

al abrir la puerta y encontrarse al comercial, ya no podían fingir que no estaban en casa y se veían obligados a atenderlos o dar un grosero portazo.

Oí unos pasos que se acercaban arrastrando los pies. O los datos sobre la edad de Miquel Beltrán estaban mal o tenía una resaca de campeonato. Al abrirse la puerta, una señora de unos setenta años se mostraba delante de mí. Tenía una cara redonda y agradable. Las arrugas propias de la edad le daban un aire maternal.

—¿Viene usted buscando a Miquel? —preguntó antes de que yo pudiera abrir la boca.

—Sí, señora. ¿Se encuentra aquí?

—No, ha ido al campo de tiro que hay junto al Club de Campo. No sé qué le ha dado ahora con pegar tiritos. Desde hace varios meses va todas las mañanas a practicar cuando no está trabajando —dijo con tono malhumorado. No sabía la pobre señora que posiblemente me estaba dando una información que podría relacionar a su hijo con el caso de Sara Lema. También sentí una efímera sensación de alivio: Da Ponte no era ya el único tirador entre los sospechosos que pudiera haber perpetrado el crimen. Del mismo modo, suspiré pensando que mi hermana estaba prácticamente descartada.

—¿Cuánto hace que no está trabajando su hijo, señora…? —No sabía su apellido.

—Martí. Roser Martí para servir a Dios y a usted. —Hacía años que no escuchaba esa fórmula tan antigua.

—Encantado, señora Martí. Soy Marcos Lacalle, detective privado.

—¿Y qué le trae a visitar a mi hijo, señor Lacalle?

—Tengo que hacerle unas preguntas sobre una actriz que coincidió con él —respondí con una verdad a medias. No me parecía buena idea decir a la buena señora que su hijo era sospechoso de asesinato.

—Espero que pueda servir de ayuda. Tenga buen día, señor Lacalle.

—Gracias, señora Martí. Buenos días.

Me preguntaba cómo un tipo con esa fama de ogro podía tener nada que ver con una señora tan amable. Si hasta tuve ganas de darle un abrazo... Pensé en mi madre, a la que sus trastornos le traían ese toque autoritario y mal encarado, y pensé en lo mal repartido que está el mundo. Pero salí pronto de esos pensamientos: tenía que ir al campo de tiro y no estaba cerca precisamente. Si Beltrán acababa la práctica antes de que yo llegara, tendría que volver al día siguiente y, por lo que fuera, me producía una inmensa pereza.

Cuando llegué. pregunté por el actor y me indicaron dónde se encontraba. Llegué por los pelos, estaba recogiendo sus cosas. Teniendo en cuenta que solo tenía las gafas de seguridad, los cascos y el arma, fui consciente de que si llego a fumar un pitillo a las puertas de aquel recinto, habría tenido que volver al día siguiente.

Su silueta se me hacía conocida. Probablemente, lo habría visto en alguna serie o alguna película de sobremesa. Sin embargo, no había repasado su trayectoria por haberme obcecado con averiguar su paradero. Y, para qué engañarnos, me sorprendió que hubiera sido tan fácil dar con él cuando nadie sabía de su vida desde hacía tiempo. Apenas unas preguntas al recepcionista de la agencia y luego escuchando a su madre hablar sin filtros.

Guardó sus cosas en la funda con parsimonia, como si quisiera apurar unos segundos más antes de volver a su casa. Su figura era delgada, aunque no precisamente enclenque. Estaba fuerte para lo que se podía esperar del alcohólico que me había descrito el de la agencia. Según me acercaba, su presencia me resultaba más familiar. Si era quien yo creía, había perdido algo de pelo y había adelgazado un poco. Carraspeé con delicadeza, advirtiéndole de mi llegada. Cuando miró hacia mí, no resultó ser quien yo pensaba, pero sí que era alguien que conocía. Muy a mi pesar, lo conocía.

—¿Miky?

El matón del cole

—Vaya, vaya, ¿a quién tenemos aquí? —No había perdido el tono soberbio y burlón, a la vez que amenazante.

—Así que tú eres Miquel Beltrán... No te imaginaba buscando un papel en un programa para niños. De hecho, nunca hubiera imaginado que serías actor —comenté, sin poder disimular mi sorpresa.

Miky, Miquel Beltrán, había estado en mi colegio y coincidimos el primer año de instituto. Su padre era militar, así que estaba siempre de acá para allá. Me había sorprendido, porque nunca supe su apellido, era Miky para todo el mundo. No estuvimos nunca en la misma clase. Él debía tener un año menos que yo o haber repetido algún curso —probablemente ambas cosas—, porque sí compartió aula con mi hermana. De hecho, habían salido juntos poco más de un mes, típicos noviazgos preadolescentes; sin embargo, aunque esos amores para siempre que duran un suspiro se suelen recordar con cariño, no fue el caso. Él la trataba fatal y no pocas veces me vi saliendo en su defensa.

—¿A qué debo el honor de tu visita? —Era obvio que lo sabía, aunque no podía dejar pasar la oportunidad de escupir un poco más de ironía.

—Tú coincidiste con Sara Lema en aquel *casting*, ¿verdad? —preferí ignorar sus provocaciones e ir al grano.

—Sí. No sé cómo esa novata pudo quedarse con el papel. Le faltaba profundidad, aunque esa vocecita que tenía iba al pelo. —Sus palabras destilaban rencor y un desagradable olor a licor, como si hubiera bebido mucho la noche anterior y el café que manchaba su polo blanco no hubiera podido enmascarar ese asqueroso aliento.

—Supongo que no olía a aguardiente. —Mierda, había pensado en voz alta, aunque viejos rencores dieron voz a esas palabras.

—Puede ser que fuera eso… —dijo, bajando la voz, como si le hubiera dolido mi comentario—. O quizá otras cosas se le dieran mejor que actuar —remachó acompañando sus palabras con unos gestos repugnantes y alusivos al sexo. Siempre odié esas machistadas para justificar una derrota ante una mujer. La rabia me hacía cerrar los puños por dentro del bolsillo de mi gabardina, con tanta fuerza que mis uñas se clavaban en las palmas de mis manos.

—Yo creo que era idónea —dije, saboreando la frase, sabiendo que eso le escocía y queriendo hacerlo enfadar lo suficiente; pudiera ser que en un estallido de furia cantara todo el repertorio—. A mis sobrinos les encantaba.

—¿Tus sobrinos? ¿Doña Perfecta tuvo hijos? Quién lo diría, era una estrecha, sabionda e insoportable. Quién diría que alguien se la podría…

Un derechazo interrumpió sus palabras. Yo, intentando desquiciarlo, y fue él quien me sacó de quicio a mí. En el colegio era yo quien salía mal parado cada vez que defendía a mi hermana de aquel cerdo. Cierto es que se lo pensaba antes de la siguiente ocasión en que la hacía sufrir con sus insultos o desprecios delante de todos, porque algún puñetazo se llevaba. Pero había sido el típico matón de colegio, con dos o tres secuaces que lo respaldaban y que hacía lo que le daba la gana.

Miky miró la funda de su arma, que estaba en la mesa junto a los cascos y las gafas. Con la mano se tocaba el mentón, como queriendo comprobar que lo tenía aún en su sitio.

—Sí que has mejorado, Marquitos —dijo entre risas. Contra lo que cupiera esperar, no hizo por devolver el golpe—. Esa novata se llevó el papel y volví a casa. Y aquí estoy, esperando que empiece otra serie, en la que tendré un papel antagonista. Qué manía con darme papeles de villano.

—Conociéndote, no me extraña —dije, sintiéndome seguro. Si no había respondido al golpe que acababa de propinarle, no iba a hacerlo ya. Quizá la resaca lo había frenado o quizá pensaba que yo también iba armado.

—Sí que es usted perspicaz, detective Lacalle. —Aún le quedaban ganas de usar el sarcasmo.

—¿Mataste a Sara Lema? —pregunté, mirándolo fijamente a los ojos.

Viendo el puñetazo que acababa de llevarse y que su chulería se percibía como impostada, algo me decía que no sería capaz de mentirme. Si bien me seguía dando mucho asco, algo me decía que había mucha debilidad tras esa apariencia de ogro que tanto temía el recepcionista de la agencia.

Un sonido de mi móvil interrumpió el careo entre los dos. Era un mensaje de Alba. Por un lado, confirmaba el noviazgo de Da Ponte con Rosa Foncubierta. Por otro, me daba una sorpresa: Miky había estado como público del programa el día del crimen. Los dos sospechosos estaban en empate técnico en cuanto a posibilidades, aun cuando no quería creer que el comisario hubiera matado a la actriz. Pero, siendo objetivos, las posibilidades eran las mismas.

—Lo habría hecho, pero ya no tenía sentido. Me llamaron para la otra serie, no tenía por qué hacerlo.

—¿Seguro que no la odiabas por algo? Por haberte rechazado, por ejemplo. Ella era atractiva y tú tienes demasiado ego para soportar un «no».

—No. Es verdad que esa novata me ponía mucho, pero nunca llegué a proponerle nada. Creo que ni llegamos a hablar.

—¿Entonces?

—Yo qué sé. No volví a verla desde que le dieron el papel.

—Bueno —dije mientras le entregaba una tarjeta—, llámame si recuerdas algo más.

Sabía que me había mentido. Su nombre aparecía en el registro de las personas que habían asistido como público al programa, según me había dicho Alba en su mensaje. No tenía sentido seguir con aquella conversación si iba a seguir mintiendo. Una vez hube abandonado el recinto, saqué mi libreta y puse un asterisco en el nombre del actor. Era mi principal sospechoso.

Llamé a Alba y le conté todo lo ocurrido en el campo de tiro, derechazo incluido. Como decía, habría sido absurdo continuar con la conversación, toda vez que él estaba mintiendo y yo estaba cegado por los viejos rencores y la satisfacción de haberle cruzado la cara al antiguo matón del colegio. La hostia que le di había sido deseada durante más de treinta años.

—Por cierto, es imposible que tu hermana haya hecho nada en este caso —¿Dónde iba a dejar a Daniel y Jaime? —soltó Alba de sopetón.

Tenía toda la razón. O bien ella había sido la instigadora para que otro apretara el gatillo o era imposible que tuviera implicación alguna. La sensación de alivio que eso me producía era tan inmensa que ya el día había merecido la pena. La cosa estaba entre el comisario Da Ponte y Miky Beltrán. Y deseaba con toda mi alma que este último fuera el culpable, por los años de colaboración con el policía y por la inquina hacia aquel abusón del colegio con el que tantas veces tuve que pegarme para defender a mi hermana. Miré hacia mis nudillos como si les dijera «buen trabajo». Incluso creí ver la cara de mi yo adolescente sonriendo. A Marquitos creo que le habría gustado menos…

De vuelta en la ciudad, no tenía ganas de ir a casa. Paré a comer en el mismo local donde estuve con Alba el día que nos vimos con Lucía del Sol; de hecho, le envié un mensaje a Alba por si podíamos almorzar juntos. No tardó en contestar, pero estaba cubriendo una noticia y no podríamos vernos hasta la noche. Al parecer, un político había dimitido al verse acorralado por un caso de corrupción; era triste que la dimisión fuera más noticia que el caso en sí. La verdad es que era una pena, tenía muchas ganas de verla y lo acontecido aquella mañana daba mucho que pensar: un sospechoso que miente, un comisario casi ausente en un caso de asesinato… No sabíamos nada de Da Ponte desde nuestra reunión en el Whispers.

Jugando al escondite

La actuación del comisario era extraña. Estaba desaparecido, no llamaba, no preguntaba, cogía el teléfono cuando se le llamaba, pero no decía gran cosa. Parecía recoger los datos que se le daban, no aportaba nada nuevo. Era como si la Policía se hubiera olvidado del caso. Era muy extraño viniendo de un hombre como él: normalmente habría sido una especie de grano en el culo, todo el día incordiando con hipótesis, informaciones y preguntas.

Terminé de comer y fui a visitar a mi hermana. Necesitaba un ratito ameno, viendo a mis sobrinos y quería visitar a Susana después del alivio de saberla prácticamente descartada como sospechosa. No sabía cómo a Marquitos se le había podido escapar el detalle de que ella nunca pudo estar en plató porque estaba en casa con los niños.

—¡Tío Marcos! —exclamaron contentos Daniel y Jaime.

—Mamá viene ahora, ha salido un momento —dijo Daniel, poniendo voz de hermano mayor y responsable.

—¿Y cómo me habéis abierto la puerta? Aún no llegáis a la mirilla, podría ser cualquiera —reprendí a mis sobrinos. Lo primero que mi hermana les habría dicho en caso de dejarlos solos era que no abrieran la puerta a nadie.

—Mamá estaba segura de que vendrías y nos dijo que te abriéramos. —La respuesta de Jaime me desconcertaba—. Parecía asustada cuando salió.

—¿Asustada?

—Sí, vino un hombre con cara muy seria a verla y al poco salieron. Mamá parecía asustada —insistió Daniel.

Me senté en la sala con ellos. Me preguntaban qué había pasado, que me veían algo más contento y no tan triste como acostumbraba a parecer —«los niños reímos mucho, tú estás triste todo el rato», me había dicho Daniel tiempo atrás—. Les dije que no sabía a qué se referían, hasta que Jaime me preguntó por el caso. Por suerte, el sonido de la llave girando en la puerta interrumpió la conversación; no quería hablar de ello con mis sobrinos, y menos cuando había un exnoviete de su madre entre los sospechosos. Los niños podían ser muy inteligentes, pero hay cosas que jamás creí que tuvieran por qué digerir.

—Hermana, ¿estás bien? —pregunté de sopetón, sin pensar y abrazándola. Lo cierto es que estaba un poco preocupado por la visita que me contaron mis sobrinos.

—Marcos, ¿qué te pasa? No me habías dado un abrazo así desde… ni me acuerdo. ¿Tienes fiebre? ¿Te has dado un golpe? —preguntó mi hermana, entre confusa y molesta.

—Los niños me han dicho…

—Marcos, tenemos que hablar. Cuando empiece el programa, tomaremos el café en la cocina.

La severidad de su voz y la expresión de su cara me hacían deducir que se estaba haciendo la fuerte. Algo había pasado para asustar a mi hermana, a Susana Lacalle, aquella que había sido como una madrastra de cuento en mi niñez y que se volvió aún más dura cuando mandó a paseo al matón del colegio. De hecho, él no lo tomó bien y un intento de hablar con ella a la fuerza fue la última pelea que tuve con él… hasta esa mañana.

«Dumpi, que es Dumpi, Vampi, que es Vampi...». Por fin sonaba la sintonía y acompañé a Susana a la cocina con la excusa de ayudarle a preparar el café y fumar un pitillo. Los niños ya eran dos protuberancias de sus asientos, incapaces de ver, oír o percibir nada más que la pantalla donde empezaba su programa favorito.

—¿A qué ha venido? ¿Qué quería de ti? —se me escapaban las preguntas tal como cerré la puerta de la cocina.

—Marcos, ¿me vas a decir de una vez qué te pasa?

—Los niños me han dicho que ha venido un hombre muy serio y que estabas asustada. Me han abierto porque tú se lo dijiste.

—Sabía que ibas a venir. Últimamente estás aquí cada pocos días y ya tardabas en repetir la visita. Lo que me asustaba era dejarlos solos, pero tenía que salir. Tranquilo, estaba en la terraza de la esquina.

—Pero es que Miky...

—¿Qué pinta Miky en todo esto?

—Es sospechoso de este caso. ¿No sabes que es actor? Participó en el *casting* de Dumpivampi junto con la actriz asesinada.

—Ese tío es gilipollas, anda que el papel le iba a quedar como a un cerdo un sombrero.

—Esta mañana tuve que hablar con él. No sabía que él era el actor Miquel Beltrán.

—¿Y qué tal?

—Bueno, le pillé una mentira y por lo visto se acordaba de ti. Ya sabes cómo hablaba de ti cuando lo dejaste. Al final se ha llevado un bocata de nudillos.

—Vaya, mi defensor de la niñez ha vuelto —dijo con tierna ironía—. Pero ¿por qué pensabas que era él quien vino?

—Porque siempre ha sido el típico abusón, imagina ahora de adulto. El de la agencia de *casting* casi se mea encima cuando se lo nombré. Y, al decirme los niños que estabas asustada, até cabos.

—No, el que ha venido era ese comisario amigo tuyo, ¿cómo se llama? Da Fonte o algo así.

—¿Da Ponte? ¿Y qué quería de ti? Ni siquiera tienes relación alguna con el caso.

—En realidad, vino a preguntar por ti, sabe que vienes de vez en cuando. Dijo que te veía raro. Yo qué sé.

—Entiendo. Es un poco raro, la verdad —pensé en voz alta.

—¿Raro?

—Sí. Da Ponte es un tipo directo, me habría llamado o algo. Pero también es cierto que está algo descentrado últimamente…

Callé antes de acabar hablando de más. Lo que me había dicho mi hermana no me cuadraba en absoluto y estaba un poco tensa, más de lo habitual. Deduje que me estaba mintiendo, así que me alegré de cerrar el pico antes de enseñar mis cartas. Si le decía que el comisario tenía implicación personal en el caso, no me habría extrañado que él lo acabara sabiendo. Y, si tenía algo que ver con ese crimen, sería decir adiós a cualquier posibilidad de resolver el caso.

Salimos con los cafés a la sala y cambié de tercio, con conversaciones más banales y un rato de juego con mis sobrinos. Marquitos sonreía en un rincón, viéndome reír y pasarlo bien con Daniel y Jaime. Levantó el pulgar mientras se desvanecía y supe en ese momento que no tardaría en haber una última visita. Su misión para conmigo estaba ya casi cumplida.

Me despedí de mis sobrinos y de Susana, dando mi habitual paseo hacia casa. Cuando me hube alejado un poco, llamé a Alba.

—Hola, Marcos, tesoro —me derritió con el efusivo saludo—. Estoy llegando a la ciudad, ha sido un día un poco largo. ¿Te apetece que quedemos a cenar?

—Cla…, cla…, cla… —No esperaba esa propuesta, pensaba que me diría que estaba agotada. Se me atascaban las palabras por la ilusión que me hacía el plan, así que me di una leve bofetada para intentar desbloquearme—. Claro que sí. ¿A qué hora? ¿Dónde nos vemos? Voy como un rayo, cielo.

Después de responder, me di cuenta de que había hablado el ansia por mí, que ella había visto en mí con mi respuesta a un niño al que le acababan de ofrecer un fin de semana en Disneyland, y ese «cielo» final le había dicho mucho más… No suelo ponerme tan moñas, la verdad.

—Ja, ja, ja. Mira que eres lindo cuando quieres, o cuando no te das cuenta. A las nueve y media. En mi casa. Trae vino, que no tengo —respondió entre risas y con una voz que me sugería una sonrisa adolescente.

—Tengo que contarte sobre el caso. Sí, un poco más. Está siendo un día… largo —terminé de decir con retintín.

Apenas una hora después estábamos tomando la primera copa de vino en su casa, poniéndonos al día. Ella, hablándome de ese renombrado político que había dimitido. Yo, contándole un poco más del accidentado encuentro con Miky Beltrán y la mosca tras la oreja que me había puesto mi hermana.

—Sí que es raro, sí. ¿Da Ponte visitando a tu hermana?

—Sí. Y la respuesta de mi hermana no me convenció demasiado. De repente, vuelvo a pensar que Susana tiene algo que ver… y Da Ponte también.

—¿Y Beltrán?

—Todo es posible. Lo único que tenemos son sospechas y los tres podrían tener un móvil para hacerlo. El actor, porque es un asqueroso, agresivo y sabe manejar armas. Da Ponte porque se le haya ido la olla con la muerte de su novia y haya asociado ideas extrañas. Y mi hermana… vete a saber.

—Bueno, me contaste que era un poco repelente, estricta y no muy dada a infantilismos y esas cosas.

—Sí, pero ¿matar a una persona? ¿O incitar a ello? Me parece retorcido, hasta para ella.

El timbre del horno sonó. La cena estaba lista y nosotros estábamos acabando la segunda copa.

—Igual es buena idea volver a repasar las imágenes de las cámaras. Algo se nos escapa. Ahora cenemos, se acabó Dumpivampi hasta mañana —dijo Alba con decisión.

Asentí con la cabeza: era momento de dar paso a otros asuntos menos estresantes. Nosotros, para ser exactos.

Tú mataste a Dumpivampi

Despertamos temprano. La ropa de ambos formaba un sendero hacia la puerta de la habitación. Ella seguía abrazada a mi espalda, dándome besos en el cuello con esa ternura que había añorado mostrar y yo recibir. No hacía falta ser Marcos Lacalle para deducir que, durante la cena, tuvimos esa conversación pendiente. Sí, nos estábamos dando otra oportunidad.

Desayunamos y nos duchamos juntos, aunque sin entretenernos demasiado en fogosidades como las que habían tenido lugar por la noche. La idea de Alba era buenísima, al menos para descartar posibilidades. Repasaríamos las cámaras del plató, no solo las de seguridad. Por suerte, solían guardar copias de las imágenes del programa, desde los diferentes ángulos; lo hacían para dar otro aspecto a posibles reposiciones del *show*, coger tomas para programas especiales y esas cosas. Así que repasamos las cámaras que enfocaban permanentemente al público el día que Sara Lema murió.

—A Sara le dispararon por la espalda, lo sabemos. Pero si había algo raro en el público, no lo hemos visto —dijo Alba. Tenía toda la razón.

Era obvio que ella era la mente más lúcida en aquel momento. Yo había estado repartiendo mi tiempo entre mi viaje espiritual en busca de esa infancia perdida y mis propias pasiones. Por ejemplo, la propia Alba. Ella era más capaz de compartimentar los asuntos en su cabeza, llevando adelante su trabajo, colaborando en la investigación y pensando en su corazón, como me había demostrado por la noche y en los besos del Whispers.

—Tus rencores juveniles tendrán que esperar a otra ocasión. Beltrán no se movió de su asiento en todo el programa. Solo cuando ocurrió el asesinato, que salió junto con el resto del público cuando los de seguridad sacaron a todo el mundo —apuntó Alba.

Reconozco que, entonces, sentí una profunda decepción. De algún modo deseaba que fuera él, de vengar cada mal trago de mi hermana, cada golpe que recibí cuando peleaba contra él por defenderla… Es cierto que me quedé muy a gusto cuando le solté ese puñetazo en el campo de tiro, pero quería más. Sin embargo, se trataba de resolver el caso, y no de mis venganzas personales. Y, por esa parte, me sentí satisfecho: un sospechoso menos.

—Entonces solo queda Da Ponte —dije convencido—. Si mi hermana no pudo estar ahí, no pudo ser la autora material de los hechos.

—No corras tanto, Lacalle. —Alba solo me llamaba así cuando tenía que puntualizar algo en alguna investigación—. Tú lo has dicho, «material». La visita del comisario sugiere alguna relación con el caso.

¡Zas, en toda la boca! Intentaba creer que Susana no tuviera nada que ver, pero la perspicaz periodista tenía razón. De momento, no es que fuera imposible, es que ni siquiera era improbable que mi hermana tuviera alguna implicación en los hechos. Ahora entendía cada vez mejor por qué la Policía aparta a los agentes de un caso cuando les implica en lo personal.

Fuimos a mi casa, donde tenía mi pizarra con todos los datos que iba recabando. Es verdad que era un procedimiento útil para tener todos los datos delante de mí, aunque también es verdad que lo hacía porque me encantaba esa imagen casi cinematográfica de mi trabajo. Si es que en el fondo soy un niño grande.

Empezamos a recopilar cualquier rasgo de Da Ponte y de mi hermana que pudiera ser de interés. Por la parte del comisario, teníamos que era buen tirador —los balazos con un arma de pequeño calibre y desde bastidores habían sido precisos— y que su difunta novia había optado al papel de Dumpivampi; mi hermana, aunque fuera una rancia, era torpe hasta con un tirachinas. Aparte de estar en casa con los niños, no era amiga de dejar a los críos con la vecina. Por otro lado, Da Ponte era un policía reconocido, con lo cual era fácil que pudiera superar sin problemas cualquier control de seguridad. Seguramente, lo habrían dejado pasar sin hacer preguntas. Eso con mi hermana habría sido imposible.

—Y se nos olvida un detalle —soltó Alba de repente. Se le acababa de encender otra bombilla—: Da Ponte sabe qué tipo de pistas se buscan en una investigación.

—Ergo, sabe cómo evitar dejar alguna por ahí —añadí, dándole la razón. Apenas encontraron los dos casquillos y eso no nos llevaba a ninguna parte.

Solo faltaba arrancarle la confesión. Un puñado de conjeturas y el *Quién es Quién* de un niño imaginario no eran suficiente evidencia para enchironar a un asesino. Y, aun sabiendo el quién, el cómo, el cuándo y el dónde, nos faltaba la respuesta que más ansiábamos responder: ¿por qué?

Aun teniendo claro el proceso, revisamos las demás grabaciones. Vimos las del asesino huyendo, hasta doblar aquella esquina del pasillo donde la imagen se perdía.

—He visto este vídeo mil veces y sigo pensando que algo se me escapa —dije, pensando en voz alta.

Alba me miró un momento, como movida por algún mecanismo. No era nada que no supiera, era algo tan obvio que el comentario parecía sobrar. Arqueó las cejas y se encogió de hombros, como diciéndome en silencio «¿qué quieres que te diga?». Saqué el paquete de tabaco de mi bolsillo y entre coger un cigarrillo cada uno, encenderlo y degustar las primeras caladas, debieron pasar un par de minutos. Un movimiento en la pantalla captó mi atención, se ve que no habíamos detenido el vídeo tras la huida del asesino. ¡Era Da Ponte corriendo hasta el estudio!

Volvimos hacia atrás, comprobando en el metraje qué tiempo mediaba entre ambas secuencias. En total, cuatro minutos y veintiséis segundos. Alba dio voz a lo que ambos estábamos pensando:
—Era imposible llegar tan rápido. La comisaría está a cinco minutos en coche, y eso sin tráfico.

Seguimos visionando el vídeo y comprobamos que los agentes que encontré con él cuando llegué al plató aún tardaron siete minutos más en llegar. ¿Era posible que lleváramos más de una semana dando palos de ciego solo por no haber seguido viendo el vídeo?
—Tantas vueltas por una gilipollez.

—Lacalle, no fastidies. —Odiaba que Alba me hablara por el apellido—. Era normal que pensaras que no había nada que rascar. Nadie hubiera esperado que el comisario fuera el culpable, y menos que ya estuviera en el edificio. Al primer minuto con la imagen del pasillo vacío, era normal pararlo.

—Ya, pero era un detalle tan… —No sabía cómo describirlo—. Es increíble que algo tan simple nos haya tenido dando vueltas como idiotas.

—Es policía. Seguro que él mismo contaba con eso —trataba Alba de tranquilizarme.

La teoría estaba clara: Da Ponte había salido pitando, se había quitado el pasamontañas y los guantes, se había puesto el abrigo y había aparecido en escena como investigador. Incluso, además de evitar dejar alguna pista, pudo haber repasado el escenario —nunca mejor dicho— del crimen por si hubiera algún cabo suelto que solucionar. Ya solo quedaba arrancarle la confesión. Así que llamamos al comisario, como si quisiéramos volver a cruzar datos, y nos citamos para una nueva reunión.

Quedamos de nuevo en el Whispers. Tenía que parecer que confiábamos en él, así que elegimos ese lugar como habíamos hecho en la ocasión anterior. Teníamos que asegurarnos de que teníamos al comisario con la guardia baja.

—Marcos Lacalle, Alba Lamas, es un placer verles, como siempre —dijo el comisario al llegar.

Correspondimos su saludo cordialmente. Nos sentamos en la habitación y Alba sacó su portátil. Mientras, le puse en antecedentes de mi visita e incidente con Miquel Beltrán. El carácter hosco y engreído del actor, aparte de la agresividad referida por el recepcionista de la agencia, fueron un cebo perfecto para su atención. Es fácil permanecer con la guardia baja cuando crees que van a investigar a otro y que el caso no se va a resolver.

—¿Ha averiguado algo, Da Ponte? —pregunté como si nuestra aportación ya hubiera acabado.

—Nada.

—No me jodas, comisario —fingí estar cabreado para añadir tensión al momento y lo tuteé para hacerlo más creíble—. ¿En serio no tienes nada? ¿No sabes que Beltrán estuvo de público en el programa el día de autos?

Da Ponte, que se había tensado cuando me oyó tutearlo, dibujó sin querer una expresión de alivio cuando mencioné lo del actor estando en plató. Era importante jugar un poco con sus emociones para distraerlo de cualquier sospecha que lo llevara a ponerse a la defensiva. Mi táctica era simple: jugar al tira y afloja con sus emociones para desconcentrarlo y soltarle por sorpresa lo del vídeo para sacarle la confesión. Quizá levantara un poco la voz a lo Tom Cruise en *Algunos hombres buenos*.

—No…, no sa… sabía nada —balbució. Su respiración se entrecortaba entre sobresaltos y alivio, su cuerpo parecía temblar levemente.

—Necesitamos saber por qué —presionó Alba.

—¿Por qué de qué? —preguntó Da Ponte, desconcertado.

—¿Por qué lo hiciste? —dije yo.

—¿Hacer qué? —Estaba tan desconcertado que no intuía mi respuesta.

—¡¡¡Tú mataste a Dumpivampi!!! —le grité en la cara.

Su rostro palideció y sus ojos estaban lívidos. Parecía que el fantasma de la mismísima Sara Lema le hubiera espetado esas palabras a la cara. El comisario era hombre de acción, de investigación, era raro verlo tan vulnerable, máxime cuando bajó la mirada, agachó la cabeza y volvió a mirarme con una expresión que era la cara misma de la derrota.

—¿Có... cómo lo has averiguado? —Su voz sonaba apagada y titubeante. Cambia mucho la cosa cuando eres tú mismo el culpable y te acaban de atrapar. Era un hombre acostumbrado a desempeñar el rol opuesto, a ser el que atrapa a los criminales.

—Ejem, ejem... hemos averiguado —aclaró Alba.

—Estabas en el plató desde antes de ocurrir el crimen. Saliste del mismo pasillo por donde el asesino se escabulló en apenas cuatro minutos y veintiséis segundos. Tus agentes tardaron once minutos en llegar. Está claro que tu presencia no respondía a una llamada de socorro. Eso, o viniste volando, porque en coche no llegabas ni de coña. —Paré a tomar aire.

—Aparte, de todos los sospechosos, eras el único buen tirador —era obvio que no sabía que Beltrán también lo era— para poder ejecutar esos disparos desde bastidores con esa precisión —concluyó Alba.

Da Ponte se veía cada vez más acorralado. Lo del asesino huyendo y él saliendo del mismo pasillo podía ser mera casualidad. Pero lo del tiempo en llegar y el ser bueno con las armas casi lo incriminaba. Aún podría haberse resistido, haber dicho que no eran sino conjeturas, y probablemente le saldría bien ante un juez. Pero no lo hizo. Probablemente estaba deseando que lo descubriéramos. Era posible que lo estuviera carcomiendo la culpa y el dolor: al fin y al cabo, también había perdido a su novia hacía poco tiempo.

—Cuando Lema consiguió el papel —comenzó a decir—, Rosa se sintió frustrada. Pero no se rendía, era la mujer más fuerte que he conocido. Aquel día en que… —movió la cabeza entre sollozos, dando a entender que se refería al día del accidente— iba a otro *casting* para una serie de acción. Fue entonces cuando se encontró de frente…

Alba y yo guardábamos silencio. Sabíamos que había sido un accidente, nos lo dijo él mismo. Sin embargo, no entendíamos la relación entre el accidente y el asesinato. Da Ponte nos sacaría de dudas.

—¡¿No lo entendéis?! —gritó desahogándose —¡Si ella hubiera conseguido el papel, no habría ido a ese maldito *casting!* Ella… —Su voz bajó su volumen drásticamente, ahogándose en su llanto—. Ella seguiría aquí.

—¿Por eso mataste a Sara? —pregunté en un tono más calmado y mirándolo fijamente a los ojos.

—Así es, Lacalle. —La culpa y la resignación inundaban su voz de lágrimas. Sus ojos eran la viva imagen de la agonía. No se había entregado, presa quizá del orgullo que ahora quedaría mancillado por sus actos, pero era posible que por esa culpa tampoco intentara entorpecer.

—Ahora tenemos dos personas muertas en vez de una. Mala solución, amigo. Mala solución… —dije.

Más que recriminarle por lo que había hecho, parecía una regañina a un niño. Pero, aunque siempre nos habíamos mostrado poco más que respeto y lealtad como colaboradores, lo cierto es que me apenaba ver a ese hombre convertido en lo que siempre persiguió y, desde ese momento, derrotado y hundido. Sentía la decepción por su crimen, siendo como había sido un excelente policía; pero también sentía pena por él, por el dolor que le mordía en las entrañas y por cómo dejarse llevar por esa inquina lo había llevado a echar a perder una carrera inmejorable.

—Solo nos queda una pregunta, comisario. —Alba estuvo muy oportuna, porque casi nos dejábamos un cabo suelto—. ¿Qué pinta Susana Lacalle en todo esto?

Palidecí, había olvidado ese detalle. Es cierto que mi trayectoria como detective me ha dado fama de ser un hombre inteligente y una capacidad de deducción brillante, pero la erupción volcánica de emociones que estaba atravesando en esos momentos me hacía incapaz de ver que al caso aún le quedaba ese fleco.

—Ella era amiga de Rosa. Se habían conocido porque tu hermana iba a veranear al pueblo de los Foncubierta. El padre de Rosa era el que le alquilaba el apartamento; se lo reservaba cada año, a cien metros del paseo marítimo. Eso hizo que me conociera cuando empecé a salir con Rosa.

—¿Ella también quería venganza? —interrumpí, aturdido por una actuación tan poco propia de mi hermana.

—No, al menos no exactamente. No quería vengar la muerte de Rosa como yo. Tenía otro interés en el caso: Marcos Lacalle.

—¿Yo?

—Sí. Ella piensa como yo: si Rosa hubiera sido Dumpivampi, no se habría matado yendo al otro *casting*. Pero siempre decía que a ver cómo te las apañabas con esto. Ella diseñó el plan. Ella es la autora intelectual.

Paré la grabadora, donde había registrado· la confesión del comisario y su incriminación sobre mi hermana. Fue una reunión muy triste para mí. Alba abrió la puerta de la habitación y entraron dos agentes, a los que habíamos avisado y que llevaban esperando en el pasillo desde cinco minutos después de que entráramos. Lo de contarle a Da Ponte nuestras pesquisas sobre Miquel Beltrán, aparte de mantener al comisario con la guardia baja, nos permitió ganar tiempo para que los agentes llegaran y se apostaran tras la puerta. De ahí que Alba párticipase menos de la reunión para estar pendiente de su móvil. Tras leerle sus derechos, se llevaron detenido al veterano comisario. Una triste escena, la verdad.

Mi, mi, mi, ñi, ñi, ñi

Salimos del motel. Era desgarrador ver al coleccionista de glorias como servidor de la ley, al comisario Da Ponte, conducido hacia aquel coche policial. La mano del agente protegía su cabeza al entrar en el vehículo, aunque sería difícil que pudiera golpearse con la carrocería del mismo de tan agachada que la llevaba. Estaba seguro de que al día siguiente tendría la marca de su barbilla en la parte alta del pecho. No era capaz de imaginar —aún no lo soy hoy día— la magnitud de la culpa y la vergüenza que debía de estar sintiendo aquel hombre, otrora condecorado por sus servicios.

Una mano en mi hombro me reconfortó en un momento tan desgarrador. Alba sabía cuán duro podía ser ese momento para mí. Tanto como amiga como en calidad de eso que volvíamos a ser, siempre había leído mis emociones como nadie y había sabido darme el apoyo que necesitaba de una forma u otra. Su mano se cerró, apretando un poco mi hombro y ese tacto me dio sensación de calidez. También, sin palabras, me decía que aún quedaba lo peor. Alba no abrió la boca, pero podía oír su voz, como si ella lo estuviera escribiendo en mi mente, diciendo: «¿No se te olvida algo? Tenemos que ir a casa de tu hermana».

Dos agentes enviados desde comisaría tras la confesión de Da Ponte fueron a reunirse con nosotros antes de ir a por Susana. De hecho, ellos llevarían a cabo toda la operación. Mi misión, en realidad, era otra.

Llegamos una hora más tarde a su casa. Querría que hubiera sido de otro modo, porque no quería que mis sobrinos tuvieran que ver lo que iba a ocurrir. Pero, claro, para evitar que nadie pudiera alertarla, tenían que privar a Da Ponte de su derecho a hacer una llamada y eso no podía extenderse demasiado en el tiempo. A veces, la praxis policial puede darse de bruces con los derechos de los detenidos. Aparte, el asunto no tardaría en aparecer en los medios de comunicación —Alba nos previno a mí y a la Policía sobre ello—, dando a mi hermana la posibilidad de salir pitando. No era algo que yo tuviera como factible, sabía que ella no dejaría a los niños solos de ninguna manera. Pero tampoco creía al comisario capaz de cometer un crimen y ahí estaba, en un calabozo.

Llamé a la puerta. Mi hermana, que siempre echa un ojo por la mirilla cuando no espera visita, abrió confiada al verme allí.

—Marcos, qué sorpresa. No te esperaba, como estuviste aquí ayer…

—Bueno, pasaba por aquí… ¿Puedo entrar?

—Claro, esta será siempre tu…

Enmudeció de repente al ver a los dos policías, que habían permanecido a los lados de la puerta, fuera de su vista. Al primer ademán de entrar, se colocaron a mi espalda. Alba cerraba la comitiva y fue la última en pasar, cerrando la puerta.

—Señora Lacalle —dijo el agente que entró primero—, queda usted detenida como presunta autora intelectual del asesinato de Sara Lema.

Susana, que ya tenía el pulso disparado por la presencia de los agentes, exhaló un resoplido de rabia.

—Tiene usted derecho… —Era la segunda vez en un rato que escuchaba la retahíla de marras.

—Hermana, ¿por qué?

—Porque mi amiga murió. De no ser por ese papel que no le dieron, nunca habría conducido ese día por esa carretera, nunca habría encontrado a ese borracho.

—Eso ya nos lo dijo Da Ponte.

En ese momento, mi hermana entendió todo y dejó de disimular. Era la sabionda de la familia, así que no hacía falta explicarle más.

—Cuando él me contó lo de Rosa, me cegué de la impotencia. Rosa era mi amiga, mi única amiga, a la que encima solo veía en esos veranos. Esa actriz novata era culpable. ¡CULPABLE! —Su cara y su voz cambiaron a las de una persona enloquecida—. Si no le hubiera quitado el papel a Rosa, nunca habría tenido que ir al otro *casting;* ella seguiría aquí —terminó bajando la voz como si se le rasgara por la pena. Sin embargo, esbozó una sonrisa espeluznante, casi de psicópata—. Pero se me ocurrió que daría lugar a un caso que ni tú, ni el gran detective Marcos Lacalle —pronunció estas palabras con un sarcasmo que denotaba envidia y hasta asco— pudiera resolver. Yo tenía las ideas; Da Ponte, la destreza y la experiencia. Y contaba con que tu implicación personal te mermaría en este caso.

—¿Querías, por así decirlo, derrotarme? ¿Por qué?

Cuando lo había dicho Da Ponte, me había resultado extraño viniendo de mi querida hermana. Aunque fuera repelente y estricta desde que éramos niños, era el ser más querido que tenía aparte de mis sobrinos. Sin embargo, su respuesta me dejó claro que había un odio latente, que permanecía dentro de ella desde hacía muchos años.

—Porque yo creé a Marcos Lacalle. Yo era tu referencia para estudiar, era la que marcaba el nivel por el que mamá y los abuelos te medían. Tú aprendiste a usar esa cabeza de melón que tienes porque yo así te creé. Pero te llevabas todo el mérito. Tú, que solo querías jugar y perder el tiempo. Tú, que has llegado a donde estás por mí. Tu fama, tu prestigio, tus logros… ¡todo eso me has robado!

—Era un niño, tenía siete años cuando papá se fue. De repente, querían convertirme a mí en papá cuando era solo un renacuajo —respondí ante la mirada atenta de los presentes. Estaban saliendo todos los trapos sucios de la familia y eso me incomodaba, pero viendo la inquina de mi hermana, yo tampoco me iba a guardar nada. Mejor ese desahogo antes de verla encerrada por unos cuantos años que seguir tragándome ese veneno que ya llevaba ahí demasiado tiempo.

—Era un niño, mi, mi, mi… Solo un renacuajo, ñi, ñi, ñi… —remedaba mi hermana, soltando cada vez más espumarajos por la boca. Parecía que se hubiera transformado en alguna psicópata mutante de película de serie B. Yo te creé y, así como te creé, quería destruirte.

—Pues rebota, rebota y en tu culo explota —respondí sin pensar. Sí, mi niño interior estaba haciendo de las suyas. Por suerte, los agentes lo interpretaron como un ácido sarcasmo; de otro modo, estoy seguro de que mi hermana iría al calabozo, pero yo al psiquiátrico de cabeza y sin frenos.

—¿Cómo lo hiciste? ¿Cómo descubriste a Da Ponte? Muy pillado se tuvo que ver para cantar hasta descubrirme.

—Primero, porque tú tenías las ideas; Da Ponte, la destreza y la experiencia —remedé sus palabras con cierta mala leche, la que produce sentirse traicionado por alguien a quien quieres tanto—. Pero yo la tengo a ella —dije, señalando a Alba—. Por cierto, te presento a Alba, tu cuñada.

Alba enrojeció como un farolillo al oírme decir «tu cuñada», aunque había entendido que había aprendido a expresarme sin filtros, como hacen los niños. Aún azorada, seguía siendo la más lúcida del salón de mi hermana. Me hizo una seña y detuve la grabadora de nuevo.

—Con esto tenemos pruebas de sobra. Los dos han acabado confesando. Pueden llevársela, señores agentes —dije con cierto alivio de cerrar el caso, pero con mucho pesar: nadie deja de ser tu hermana del alma en diez minutos. Me sentía muy herido. Mi queridísima hermana, la madre de mis bienamados sobrinos, había intentado jugármela con la suficiente inquina para planear la muerte de una persona y manipular a un hombre hundido que había perdido a su amada—. Tú mataste a Dumpivampi —le dije para cerrar la conversación. Por desgracia, los niños desde su habitación lo habían escuchado todo.

—Tío Marcos. —La voz de Daniel sonaba compungida, como era normal, mientras mis dos sobrinos, lo más querido del mundo para mí, se acercaban—. ¿Mamá va a ir a la cárcel?

—Eso me temo, Daniel.

—¿Mamá es mala? La Policía siempre se lleva a los malos —añadió Jaime.

—Digamos que se ha equivocado mucho. Y ahora debe asumir las consecuencias, chicos. Siento deciros esto.

—¿Podemos quedarnos contigo y con la tía Alba? —Alba enrojeció de nuevo al verse adoptada por los dos pequeñajos.

—Por mi parte, sí. Tía Alba, ¿tú qué opinas?

—Yo, encantada. ¿Puedo quedarme contigo y con estos dos amores? —preguntó ella con una tierna sonrisa.

Los niños aceptaron más que encantados. Vendrían meses de papeleos, primero como familia de acogida, luego asumiendo la tutela y la custodia de los pequeños. Hubo que darles muchas explicaciones, apoyarles mucho… Joder, su madre estaba en la cárcel. Pero entre Alba y yo nos desvivimos desde entonces para darles una niñez que yo no tuve; con uno que hubiera tardado décadas en sanar una infancia truncada ya había de sobra.

Y ahí estaba yo, el divorciado solterón y estéril habiendo recuperado mi equilibrio, habiendo sanado mi herida por la niñez perdida, aprovechando la segunda oportunidad con el amor de mi vida y cuidando de mis sobrinos. Marquitos sonreía, esta vez acompañado de Sara Lema, mientras ambos se despedían agitando sus manos y se desvanecían. Su misión había acabado: aunque no fuera del modo más habitual, por fin tenía lo que siempre había soñado: una familia.

FIN

Agradecimientos

Como siempre, a Luis Alfonso Beltrán Grau, por ser mi descubridor, mi padrino literario y mi amigo.

A mi padre, por todas sus enseñanzas y por seguir cuidándome, aunque sea desde el final del arcoíris. Descansa en paz, viejo.

A la editorial ExLibric, por su buen hacer y por tratar con tanto mimo y cariño mis obras. También por su paciencia cuando algún proyecto se atraganta. *Yo Confieso* que me ha pasado alguna vez.

A mis lectoras cero, por prestarme su tiempo y dedicación para afinar esta obra y llevarla al punto que los lectores se merecen.

A las librerías que tratan con respeto las obras de un escritor novel y les dan visibilidad. Que no guardéis los libros un año en la trastienda —guiño, guiño— es un detalle.

A cuantos autores estoy encontrando por el camino de esta aventura, de cuyas obras y consejos aprendo tanto.

A mi queridísimo Carlos Rodríguez, por su profesionalidad, por su dedicación para que las ferias del libro sean una experiencia inigualable y por su amistad.

A aquellos que creen en mí, porque no defraudaros nunca es un impulso para mejorar.

A los que no creen en mí, porque el ansia de conquistaros y convenceros también es un impulso para seguir creciendo.

Y a cada par de ojitos que me lee, porque de otro modo todo sería en vano.

Índice